岩 波 文 庫

31-087-1

檸檬《レモン》・冬の日

他 九 篇

梶井基次郎作

岩 波 書 店

目　次

檸檬

えたいの知れない不吉な塊《かたまり》が私の心を始終圧《おさ》えつけていた。焦燥といおうか、嫌悪といおうか——酒を飲んだあとに宿酔《ふつかよい》があるように、酒を毎日飲んでいると宿酔に相当した時期がやって来る。それが来たのだ。これはちょっといけなかった。結果した肺尖《はいせん》カタルや神経衰弱がいけないのではない。また背を焼くような借金などがいけないのではない。いけないのはその不吉な塊だ。以前私を喜ばせたどんな美しい音楽も、どんな美しい詩の一節も辛抱がならなくなった。蓄音器を聴かせてもらいにわざわざ出かけて行っても、最初の二、三小節で不意に立ち上ってしまいたくなる。何かが私を居堪《いたたま》らずさせるのだ。それで始終私は街から街を浮浪し続けていた。

　何故だかその頃私は見すぼらしくて美しいものに強くひきつけられたのを覚えている。風景にしても壊れかかった街だとか、その街にしてもよそよそしい表通りよりもどこか親しみのある、汚い洗濯物が干してあったりがらくたが転《ころが》してあったりむさくるしい部屋が覗《のぞ》いていたりする裏通りが好きであった。雨や風が蝕《むしば》んでやがて土に帰ってしまう、といったような趣きのある街で、土塀が崩れていたり家並《やなみ》が傾きかかっていたり——勢いのいいのは植物だけで、時とするとびっくりさせるような向日葵《ひまわり》があったりカンナが咲いていたりする。

時どき私はそんな路を歩きながら、ふと、其処《そこ》が京都ではなくて京都から何百里も離れた仙台とか長崎とか――そのような市《まち》へ今自分が来ているのだ――という錯覚を起そうと努める。私は、出来ることなら京都から逃出して誰一人知らないような市へ行ってしまいたかった。第一に安静。がらんとした旅館の一室。清浄な蒲団《ふとん》。匂いのいい蚊帳《かや》と糊《のり》のよくきいた浴衣《ゆかた》。其処で一月ほど何も思わず横になりたい。希《ねが》わくは此処《ここ》が何時《いつ》の間にかその市になっているのだったら。――錯覚がようやく成功しはじめると私はそれからそれへ想像の絵具を塗りつけてゆく。何のことはない、私の錯覚と壊れかかった街との二重写しである。そして私はその中に現実の私自身を見失うのを楽しんだ。

　私はまたあの花火という奴が好きになった。花火そのものは第二段として、あの安っぽい絵具で赤や青や、様ざまの縞模様を持った花火の束、中山寺の星下《ほしくだ》り、花合戦、枯れすすき。それから鼠花火というのは一つずつ輪になっていて箱に詰めてある。そんなものが変に私の心を唆《そそ》った。

　それからまた、びいどろという色硝子《いろガラス》で鯛や花を打ち出してあるおはじきが好きになったし、南京玉《なんきんだま》が好きになった。またそれを嘗《な》めて見るのが私にとって何ともいえない享楽だったのだ。あのびいどろの味ほど幽《かす》かな涼しい味があるものか。私は幼い時よくそれを口に入れては父母に叱られたものだが、その幼時のあまい記憶が大きくなって落魄《おちぶ》れた私に蘇《よみがえ》ってくる故《せい》だろうか、全くあの味には幽かな爽《さわや》かな何となく詩美といったような味覚が漂《ただよ》っている。

察しはつくだろうが私にはまるで金がなかった。とはいえそんなものを見て少しでも心の動きかけた時の私自身を慰めるためには贅沢ということが必要であった。二銭や三銭のもの——といって贅沢なもの。美しいもの——といって無気力な私の触角にむしろ媚《こ》びて来るもの。——そういったものが自然私を慰めるのだ。

生活がまだ蝕まれていなかった以前私の好きであった所は、例えば丸善《まるぜん》であった。赤や黄のオードコロンやオードキニン。洒落《しゃれ》た切子《きりこ》細工《ざいく》や典雅なロココ趣味の浮模様を持った琥珀《こはく》色《いろ》やひすい色の香水壜《こうすいびん》。煙管《キセル》、小刀、石鹼、煙草。私はそんなものを見るのに小《こ》一時間も費すことがあった。そして結局一等いい鉛筆を一本買う位の贅沢をするのだった。しかし此処《ここ》ももうその頃の私にとっては重くるしい場所に過ぎなかった。書籍、学生、勘定台、これらはみな借金取の亡霊のように私には見えるのだった。

ある朝——その頃私は甲の友達から乙の友達へという風に友達の下宿を転々として暮していたのだが——友達が学校へ出てしまったあとの空虚な空気のなかにぽつねんと一人取残された。私はまた其処から彷徨《さまよ》い出なければならなかった。何かが私を追いたてる。そして街から街へ、先にいったような裏通りを歩いたり、駄菓子屋の前で立ち留ったり、乾物屋《かんぶつや》の乾蝦《ほしえび》や棒鱈《ぼうだら》や湯葉《ゆば》を眺めたり、とうとう私は二条の方へ寺町《てらまち》を下《さが》り、其処の果物屋で足を留めた。此処でちょっとその果物屋を紹介したいのだが、その果物屋は私の知っていた範囲で最も好きな店であった。其処は決して立派な店ではなかったのだが、果物屋固有の美しさが最も露骨に感ぜられた。果物はかなり勾配《こうばい》の急な台の上に並べてあって、その台というのも古びた黒い漆塗りの板だったように思える。何か華やかな美しい音楽の快速調《アッレグロ》の流れが、見る人を石に化したというゴルゴンの鬼面――的なものを差しつけられて、あんな色彩やあんなヴォリウムに凝《こ》り固《かた》まったという風に果物は並んでいる。青物もやはり奥へゆけばゆくほど堆高《うずたか》く積まれている。――実際あそこの人参葉《にんじんば》の美しさなどは素晴しかった。それから水に漬《つ》けてある豆だとか慈姑《くわい》だとか。

また其処の家の美しいのは夜だった。寺町通《てらまちどおり》は一体に賑《にぎや》かな通りで――といって感じは東京や大阪よりはずっと澄んでいるが――飾窓の光がおびただしく街路へ流れ出ている。それがどうした訳かその店頭の周囲だけが妙に暗いのだ。もともと片方は暗い二条通に接している街角になっているので、暗いのは当然であったが、その隣家が寺町通にある家にもかかわらず暗かったのが瞭然《はっきり》しない。しかしその家が暗くなかったら、あんなにも私を誘惑するには至らなかったと思う。もう一つはその家の打ち出した廂《ひさし》なのだが、その廂が眼深《まぶか》に冠った帽子《ぼうし》の廂のように――これは形容というよりも、「おや、あそこの店は帽子の廂をやけに下げているぞ」と思わせるほどなので、廂の上はこれも真暗なのだ。そう周囲が真暗なため、店頭に点《つ》けられた幾つもの電灯が驟雨《しゅうう》のように浴せかける絢爛《けんらん》は、周囲の何者にも奪われることなく、肆《ほしいまま》にも美しい眺めが照し出されているのだ。裸の電灯が細長い螺旋棒をきりきり眼の中へ刺し込んで来る往来に立って、また近所にある鎰屋《かぎや》の二階の硝子窓をすかして眺めたこの果物店の眺めほど、その時どきの私を興《きょう》がらせたものは寺町の中でも稀だった。

その日私は何時《いつ》になくその店で買物をした。というのはその店には珍らしい檸檬《レモン》が出ていたのだ。檸檬などごくありふれている。がその店というのも見すぼらしくはないまでもただあたりまえの八百屋《やおや》に過ぎなかったので、それまであまり見かけたことはなかった。一体私はあの檸檬が好きだ。レモンエロウの絵具をチューブから搾《しぼ》り出《だ》して固めたようなあの単純な色も、それからあの丈《たけ》の詰った紡錘形《ぼうすいけい》の恰好《かっこう》も。――結局私はそれを一つだけ買うことにした。それからの私は何処《どこ》へどう歩いたのだろう。私は長い間街を歩いていた。始終私の心を圧えつけていた不吉な塊がそれを握った瞬間からいくらか弛《ゆる》んできたと見えて、私は街の上で非常に幸福であった。あんなに執拗《しつこ》かった憂鬱が、そんなものの一顆《いっか》で紛らされる――あるいは不審なことが、逆説的な本当であった。それにしても心という奴は何という不可思議な奴だろう。

その檸檬の冷たさはたとえようもなくよかった。その頃私は肺尖を悪くしていていつも身体に熱が出た。事実友達の誰彼に私の熱を見せびらかすために手の握り合いなどをしてみるのだが、私の掌《てのひら》が誰れのよりも熱かった。その熱い故だったのだろう、握っている掌から身内に浸み透ってゆくようなその冷たさは快いものだった。

私は何度も何度もその果実を鼻に持って行っては嗅《か》いで見た。それの産地だというカリフォルニヤが想像に上って来る。漢文で習った「売柑者之言」の中に書いてあった「鼻を撲《う》つ」という言葉が断《き》れぎれに浮んで来る。そしてふかぶかと胸一杯に匂やかな空気を吸い込めば、ついぞ胸一杯に呼吸したことのなかった私の身体や顔には温《あたたか》い血のほとぼりが昇って来て何だか身内に元気が目覚めて来たのだった。……

実際あんな単純な冷覚や触覚や嗅覚や視覚が、ずっと昔からこればかり探していたのだといいたくなったほど私にしっくりしたなんて私は不思議に思える——それがあの頃のことなんだから。

私はもう往来を軽《かろ》やかな昂奮に弾《はず》んで、一種誇りかな気持さえ感じながら、美的装束をして街を濶歩《かっぽ》した詩人のことなど思い浮べては歩いていた。汚れた手拭《てぬぐい》の上へ載せて見たりマントの上へあてがって見たりして色の反映を量《はか》ったり、またこんなことを思ったり、

――つまりはこの重さなんだな。――

その重さこそ常づね尋ねあぐんでいたもので、疑いもなくこの重さは総ての善いもの総ての美しいものを重量に換算して来た重さであるとか、思いあがった諧謔心からそんな馬鹿げたことを考えて見たり――何がさて私は幸福だったのだ。

何処をどう歩いたのだろう、私が最後に立ったのは丸善の前だった。平常あんなに避けていた丸善がその時の私にはやすやすと入れるように思えた。

「今日は一つ入って見てやろう」そして私はずかずか入って行った。

しかしどうしたことだろう、私の心を充《みた》していた幸福な感情は段々逃げて行った。香水の壜にも煙管にも私の心はのしかかってはゆかなかった。憂鬱が立《た》て罩《こ》めて来る、私は歩き廻った疲労が出て来たのだと思った。私は画本の棚の前へ行って見た。画集の重たいのを取り出すのさえ常に増して力が要るな！　と思った。しかし私は一冊ずつ抜き出しては見る、そして開けては見るのだが、克明にはぐってゆく気持は更に湧《わ》いて来ない。しかも呪われたことにはまた次の一冊を引き出して来る。それも同じことだ。それでいて一度バラバラとやって見なくては気が済まないのだ。それ以上は堪《たま》らなくなって其処へ置いてしまう。以前の位置へ戻すことさえ出来ない。私は幾度もそれを繰り返した。とうとうおしまいには日頃から大好きだったアングルの橙色《だいだいいろ》の重い本までなお一層の堪《た》えがたさのために置いてしまった。――何という呪われたことだ。手の筋肉に疲労が残っている。私は憂鬱になってしまって、自分が抜いたまま積み重ねた本の群《むれ》を眺めていた。

以前にはあんなに私をひきつけた画本がどうしたことだろう。一枚一枚に眼を晒《さら》し終《おわ》って後、さてあまりに尋常な周囲を見廻すときのあの変にそぐわない気持を、私は以前には好んで味っていたものであった。……

「あ、そうだそうだ」そのとき私は袂《たもと》の中の檸檬《レモン》を憶《おも》い出した。本の色彩をゴチャゴチャに積みあげて、一度この檸檬で試して見たら。「そうだ」

私にまた先ほどの軽やかな昂奮が帰って来た。私は手当り次第に積みあげ、また慌《あわただ》しく潰《つぶ》し、また慌しく築きあげた。新しく引き抜いてつけ加えたり、取り去ったりした。奇怪な幻想的な城が、その度に赤くなったり青くなったりした。

やっとそれは出来上った。そして軽く跳りあがる心を制しながら、その城壁の頂きに恐る恐る檸檬を据えつけた。そしてそれは上出来だった。

見わたすと、その檸檬の色彩はガチャガチャした色の階調をひっそりと紡錘形の身体の中へ吸収してしまって、カーンと冴《さ》えかえっていた。私は埃《ほこり》っぽい丸善の中の空気が、その檸檬の周囲だけ変に緊張しているような気がした。私はしばらくそれを眺めていた。

不意に第二のアイディアが起った。その奇妙なたくらみはむしろ私をぎょっとさせた。

――それをそのままにしておいて私は、何喰わぬ顔をして外へ出る。――

私は変にくすぐったい気持がした。「出て行こうかなあ。そうだ出て行こう」そして私はすたすた出て行った。

変にくすぐったい気持が街の上の私を頬笑《ほほえ》ませた。丸善の棚へ黄金色に輝く恐ろしい爆弾を仕掛て来た奇怪な悪漢が私で、もう十分後にはあの丸善が美術の棚を中心として大爆発をするのだったらどんなに面白いだろう。

私はこの想像を熱心に追求した。「そうしたらあの気詰りな丸善も粉葉《こっぱ》みじんだろう」

そして私は活動写真の看板画が奇体な趣きで街を彩《いろど》っている京極を下って行った。

――『青空』一九二五年一月――

城のある町にて

ある午後

「高いとこの眺めは、アアッ（と咳《せき》をして）また格段でごわすな」

片手に洋傘《こうもり》、片手に扇子《せんす》と日本手拭を持っている。頭が綺麗に禿《は》げていて、カンカン帽子を冠っているのが、まるで栓《せん》をはめたように見える。——そんな老人が朗《ほが》らかにそういい捨てたまま峻《たかし》の脇を歩いて行った。いっておいてこちらを振り向くでもなく、眼はやはり遠い眺望へ向けたままで、さもやれやれといった風に石垣のはなのベンチへ腰をかけた。——

町を外《はず》れてまだ二里ほどの間は平坦な緑。I湾の濃い藍《あい》がそれの彼方《かなた》に拡っている。裾《すそ》のぼやけた、そして全体もあまりかっきりしない入道雲が水平線の上に静かに蟠《わだかま》っている。——

「ああ、そうですな」少し間誤《まご》つきながらそう答えた時の自分の声の後味がまだ喉や耳のあたりに残っているような気がされて、その時の自分と今の自分とが変にそぐわなかった。なんの拘《こだわ》りもしらないようなその老人に対する好意が頬《ほお》に刻《きざ》まれたまま、峻はまた先ほどの静かな展望のなかへ吸い込まれて行った。——風がすこし吹いて、午後であった。

一つには、可愛盛《かわいざか》りで死なせた妹のことを落ちついて考えてみたいという若者めいた感慨から、峻はまだ五七日を出ない頃の家を出てこの地の姉の家へやって来た。

ぼんやりしていて、それがよその子の泣声だと気がつくまで、死んだ妹の声の気持がしていた。

「誰れだ。暑いのに泣かせたりなんぞして」

そんなことまで思っている。

彼女がこと切れた時よりも、火葬場での時よりも、変った土地へ来てするこんな経験の方に「失った」という思いは強く刻まれた。

「たくさんの虫が、一匹の死にかけている虫の周囲に集って、悲しんだり泣いたりしている」と友人に書いたような、彼女の死の前後の苦しい経験がやっと薄い面紗《ヴェイル》のあちらに感ぜられるようになったのもこの土地へ来てからであった。そしてその思いにも落ちつき、新らしい周囲にも心が馴染《なじ》んで来るに随《したが》って、峻には珍らしく静かな心持がやって来るようになった。いつも都会に住《す》み慣《な》れ、殊に最近は心の休む隙もなかった後で、彼はなおさらこの静けさの中で恭《うや》うやしくなった。道を歩くのにも出来るだけ疲れないように心掛ける。棘《とげ》一つ立てないようにしよう。指一本詰めないようにしよう。ほんの些細《ささい》なことがその日の幸福を左右する。――迷信に近いほどそんなことが思われた。そして旱《ひでり》の多かった夏にも雨が一度来、二度来、それがあがる度《たび》ごとにやや秋めいたものが肌に触れるように気候もなって来た。

そうした心の静けさとかすかな秋の先駆《さきがけ》は、彼を部屋の中の書物や妄想にひきとめてはおかなかった。草や虫や雲や風景を眼の前へ据えて、秘《ひそ》かに抑えて来た心を燃えさせる、――ただそのことだけが仕甲斐《しがい》のあることのように峻には思えた。

「家の近所にお城跡がありまして峻の散歩には丁度良いと思います」姉が彼の母の許《もと》へ寄来《よこ》した手紙にこんなことが書いてあった。着いた翌日の夜、義兄《あに》と姉とその娘と四人で初めてこの城跡へ登った。旱《ひでり》のためうんかがたくさん田に湧いたのを除虫灯で殺している。それがもうあと二、三日だからというので、それを見にあがったのだった。平野は見渡す限り除虫灯の海だった。遠くになると星のように瞬《またた》いている。山の狭間《はざま》がぼうと照されて、そこから大河のように流れ出ている所もあった。彼はその異常な光景に昂奮して涙ぐんだ。風のない夜で涼みかたがた見物に来る町の人びとで城跡は賑《にぎ》わっていた。闇のなかから白粉《おしろい》を厚く塗った町の娘たちがはしゃいだ眼を光らせた。

今、空は悲しいまで晴れていた。そしてその下に町は甍《いらか》を並べていた。白堊《はくあ》の小学校。土蔵作《どぞうづく》りの銀行。寺の屋根。そして其処此処《そこここ》、西洋菓子の間に詰めてあるカンナ屑めいて、緑色の植物が家々の間から萌《も》え出《で》ている。或る家の裏には芭蕉の葉が垂れている。糸杉の巻きあがった葉も見える。重ね綿のような恰好《かっこう》に刈られた松も見える。みな黝《くろず》んだ下葉《したば》と新らしい若葉で、いい風《ふう》な緑色の容積を造っている。

遠くに赤いポストが見える。

乳母車《うばぐるま》なんとかと白くペンキで書いた屋根が見える。

日をうけて赤い切地《きれじ》を張った張物板《はりものいた》が、小さく屋根瓦の間に見える。——

夜になると火の点《つ》いた大通りを、自転車でやって来た村の青年たちが、大勢連《おおぜいづ》れで遊廓の方へ乗ってゆく。店の若い衆なども浴衣《ゆかた》がけで、昼見る時とはまるで異った風に身体をくねらせながら白粉を塗った女をからかってゆく。——そうした町も今は屋根瓦の間へ挟まれてしまって、そのあたりに幟《のぼり》をたくさん立てて芝居小屋がそれと察しられるばかりである。

西日を除《よ》けて、一階も二階も三階も、西の窓をすっかり日覆《ひおおい》をした旅館がやや近くに見えた。何処《どこ》からか材木を叩《たた》く音が——もともと高くもない音らしかったが、町の空へ

「カーン、カーン」と反響した。

次つぎと止まるひまなしにつくつく法師が鳴いた。「文法の語尾の変化をやっているようだな」ふとそんなに思ってみて、聞いていると不思議に興が乗って来た。「チュクチュクチュク」と始めて「オーシ、チュクチュク」を繰り返えす、そのうちにそれが「チュクチュク、オーシ」になったり「オーシ、チュクチュク」にもどったりして、しまいに「スットコチーヨ」「スットコチーヨ」になって「ジー」と鳴きやんでしまう。中途に横から「チュクチュク」と始めるのが出て来る。するとまた一つのは「スットコチーヨ」を終って「ジー」に移りかけている。三重、四重、五重にも六重にも重なって鳴いている。

峻《たかし》はこの間、やはりこの城跡のなかにある社《やしろ》の桜の木で法師蟬が鳴くのを、一尺ほどの間近で見た。華車《きゃしゃ》な骨に石鹼玉《シャボンだま》のような薄い羽根を張った、身体の小さい昆虫に、よくあんな高い音が出せるものだと、驚きながら見ていた。その高い音と関係があるといえば、ただその腹から尻尾《しっぽ》へかけての伸縮であった。柔毛《にこげ》の密生している、節を持った、その部分は、まるでエンジンの或る部分のような正確さで動いていた。——その時の恰好が思い出せた。腹から尻尾へかけてのプリッとした膨《ふく》らみ。隅《すみ》ずみまで力ではち切ったような伸び縮み。——そしてふと蟬一匹の生物が無上に勿体《もったい》ないものだという気持に打たれた。

　時どき、先ほどの老人のようにやって来ては涼《りょう》をいれ、景色を眺めてはまた立ってゆく人があった。

　峻が此処へ来る時によく見る、亭《ちん》の中で昼寝をしたり海を眺めたりする人がまた来ていて、今日は子守娘と親しそうに話をしている。

　蟬取竿《せみとりざお》を持った子供があちこちする。虫籠を持たされた児《こ》は、時どき立ち留っては籠の中を見、また竿の方を見ては小走りに随《つ》いてゆく。物をいわないでいて変に芝居のような面白さが感じられる。

　またあちらでは女の子たちが米つきばったを捕えては、「ねぎさん米つけ、何とか何とか」といいながら米をつかせている。ねぎさんというのはこの土地の言葉で神主《かんぬし》のことをいうのである。峻は善良な長い顔の先に短い二本の触覚を持った、そう思えばいかにも神主めいたばったが、女の子に後脚《あとあし》を持たれて身動きのならないままに米をつくその恰好が呑気《のんき》なものに思い浮んだ。

　女の子が追いかける草のなかを、ばったは二本の脚を伸し、日の光を羽根一ぱいに負いながら、何匹も飛び出した。

　時どき烟《けむり》を吐く煙突があって、田野はその辺《あた》りから展《ひら》けていた。レムブラントの素描めいた風景が散《ちら》ばっている。

黝《くろ》い木立《こだち》。百姓家《ひゃくしょうや》。街道。そして青田のなかに褪赭《たいしゃ》の煉瓦の煙突。

小さい軽便《けいべん》が海の方からやって来る。

海からあがって来た風は軽便の煙を陸の方へ、その走る方へ吹きなびける。見ていると煙のようではなくて、煙の形を逆に固定したまま玩具《おもちゃ》の汽車が走っているようである。

ササササと日が翳《かげ》る。風景の顔色が見る見る変ってゆく。

遠く海岸に沿って斜に入り込んだ入江が見えた。——峻はこの城跡へ登る度、幾度となくその入江を見るのが癖になっていた。

海岸にしては大きい立木が所どころ繁っている。その蔭にちょっぴり人家の屋根が覗《のぞ》いている。そして入江には舟が舫《もや》っている気持。

それはただそれだけの眺めであった。何処を取り立てて特別心を惹《ひ》くようなところはなかった。それでいて変に心が惹かれた。

なにかある。ほんとうになにかがそこにある。といってその気持を口に出せば、もう空ぞらしいものになってしまう。

例えばそれを故のない淡い憧憬といった風の気持、と名づけてみようか。誰れかが

「そうじゃないか」と尋ねてくれたとすれば彼はその名づけ方に賛成したかも知れない。しかし自分では「まだなにか」という気持がする。

人種の異ったような人びとが住んでいて、この世と離れた生活を営んでいる。――そんなような所にも思える。とはいえそれはあまりお伽話《とぎばなし》めかした、ぴったりしないところがある。

なにか外国の画《え》で、彼処《あそこ》に似た所が描いてあったのが思い出せないためではないかとも思って見る。それにはコンステイブルの画を一枚思い出している。やはりそれでもない。

では一体何だろうか。このパノラマ風の眺めは何に限らず一種の美しさを添えるものである。しかし入江の眺めはそれに過ぎていた。そこに限って気韻が生動している。そんな風に思えた。――

空が秋らしく青空に澄む日には、海はその青よりやや温い深青《ふかあお》に映った。白い雲がある時は海も白く光って見えた。今日は先ほどの入道雲が水平線の上へ拡ってザボンの内皮の色がして、海も入江の真近《まぢか》までその色に映っていた。今日も入江はいつものように謎をかくして静まっていた。

見ていると、獣《けもの》のようにこの城のはなから悲しい唸《うな》り声《ごえ》を出してみたいような気になるのも同じであった。息苦しいほど妙なものに思えた。

夢で不思議な所へ行っていて、此処は来た覚えがあると思っている。――丁度それに似た気持で、えたいの知れない想い出が湧いて来る。

「ああかかる日のかかるひととき」

「ああかかる日のかかるひととき」

何時《いつ》用意したとも知れないそんな言葉が、ひらひらとひらめいた。――

「ハリケンハッチのオートバイ」

「ハリケンハッチのオートバイ」

先ほどの女の子らしい声が峻《たかし》の足の下で次々に高く響いた。丸の内の街道を通ってゆくらしい自動自転車の爆音がきこえていた。

この町のある医者がそれに乗って帰って来る時刻であった。その爆音を聞くと峻の家の近所にいる女の子は我勝ちに「ハリケンハッチのオートバイ」と叫ぶ。「オートバ」といっている児《こ》もある。

三階の旅館は日覆《ひおおい》をいつの間にか外《はず》した。

遠い物干台の赤い張物板ももう見つからなくなった。

町の屋根からは煙。遠い山からは蜩《ひぐらし》。

手品と花火

これはまた別の日。

夕飯と風呂を済ませて峻は城へ登った。

薄暮の空に、時どき、数里離れた市《まち》で花火をあげるのが見えた。気がつくと綿で包んだような音がかすかにしている。それが遠いので間の抜けた時に鳴った。いいものを見る、と彼は思っていた。

ところへ十七ほどを頭《かしら》に三人連れの男の児《こ》が来た。これも食後の涼みらしかった。峻に気を兼ねてか静かに話をしている。

口で教えるのにも気がひけたので、彼はわざと花火のあがる方を熱心なふりをして見ていた。

末遠いパノラマのなかで、花火は星水母《ほしくらげ》ほどのさやけさに光っては消えた。海は暮れかけていたが、その方はまだ明るみが残っていた。

暫《しばら》くすると少年たちもそれに気がついた。彼は心の中で喜んだ。

「四十九」

「ああ四十九」

そんなことをいいあいながら、一度あがって次あがるまでの時間を数えている。彼はそれらの会話を聞くともなしに聞いていた。

「××ちゃん、花は」

「フロラ」一番年のいったのがそんなに答えている。――

城でのそれを憶《おも》い出しながら、彼は家へ帰って来た。家の近くまで来ると、隣家のひとが峻の顔を見た。そして慌《あわ》てたように、

「帰っておいでなしたぞな」と家へいい入れた。

奇術が何とか座にかかっているのを見にゆこうかといっていたのを、峻がぽっと出てしまったので騒いでいたのである。

「あ。どうも」というと、義兄《あに》は笑いながら、

「はっきりいうとかんのがいかんのやさ」と姉に背負《しょ》わせた。姉も笑いながら衣服を出しかけた。彼が城へ行っている間に姉も信子(義兄の妹)もこってり化粧をしていた。

姉が義兄に、

「あんた、扇子《せんす》は?」

「衣嚢《かくし》にあるけど……」

「そうやな。あれも汚れてますで……」

姉が合点《がてん》合点などしてゆっくり捜しかけるのを、じゅうじゅうと音をさせて煙草を喫《の》んでいた義兄は、

「扇子なんかどうでもええわな。早う仕度しやんし」といって煙管《キセル》の詰ったのを気にしていた。

奥の間で信子の仕度を手伝ってやっていた義母《はは》が、

「さあ、こんなはどうやな」といって団扇《うちわ》を二、三本寄せて持って来た。砂糖屋などが配って行った団扇である。

姉が種々《いろいろ》と衣服を着こなしているのを見ながら、彼は信子がどんな心持で、またどんな風で着附《きつけ》をしているだろうなど、奥の間の気配に心をやったりした。

やがて仕度が出来たので峻はさきへ下りて下駄《げた》を穿《は》いた。

「勝子(姉夫婦の娘)がそこらにいますで、よぼってやっとくなさい」と義母がいった。

袖の長い衣服を着て、近所の子らのなかに雑《まじ》っている勝子は、呼ばれたまま、まだなにかいいあっている。

「『カ』ちゅうとこへ行くの」

「かつどうや」

「活動や活動やあ」と二、三人の女の子がはやした。

「ううん」と勝子は首をふって

「『ヨ』ちっとこへ行くの」とまたやっている。

「ようちえん?」

「いやらし、幼稚園、晩にはあれへんわ」

義兄が出て来た。

「早うお出でな、放《ほ》っといてゆくぞな」

姉と信子が出て来た。白粉《おしろい》を濃くはいた顔が夕闇《ゆうやみ》に浮んで見えた。さっきの団扇を一つずつ持っている。

「お待ち遠さま。勝子は。勝子、扇持ってるか」

勝子は小さい扇をちらと見せて姉に纏《まと》いつきかけた。

「そんならお母さん、行って来ますで……」

姉がそういうと、

「勝子、帰ろ帰ろいわんのやんな」と義母は勝子にいった。

「いわんのやんな」勝子は返事のかわりに口真似をして峻《たかし》の手のなかへ入って来た。

そして峻は手をひいて歩き出した。

往来に涼み台を出している近所の人びとが、通りすがりに、今晩は、今晩は、と声をかけた。

「勝ちゃん此処《ここ》何てとこ？」彼はそんなことを訊《き》いてみた。

「しょうせんかく」

「朝鮮閣？」

「ううん、しょうせんかく」

「朝鮮閣？」

「しょう―せん―かく」

「朝―鮮―閣？」

「うん」といって彼の手をぴしゃと叩《たた》いた。

暫くして勝子から、

「しょうせんかく」といい出した。

「朝鮮閣」

牴牾《もどか》しいのはこっちだ、といった風に寸分違わないように似せてゆく。それが遊戯になってしまった。しまいには彼が「松仙閣」といっているのに、勝子の方では知らずに

「朝鮮閣」といっている。信子がそれに気がついて笑い出した。笑われると勝子は冠《かんむり》を曲《ま》げてしまった。

「勝子」今度は義兄の番だ。

「ちがいますともわらびます」

「ううん」鼻ごえをして、勝子は義兄《あに》を打つ真似をした。義兄は知らん顔で、

「ちがいますともわらびます。あれ何やったな。勝子。一遍峻《いっぺん》さんに聞かしたげなさい」

泣きそうに鼻をならし出したので信子が手をひいてやりながら歩き出した。

「これ……それから何というつもりやったんや?」

「これ、蕨《わらび》とは違いますっていうつもりやったんやなあ」信子がそんなにいって庇護《かば》ってやった。

「一体何処《どこ》のひとにそんなことをいうたんやな?」今度は半分信子に訊《き》いている。

「吉峰さんのおじさんにやなあ」信子は笑いながら勝子の顔を覗いた。

「まだあったぞ。もう一つどえらいのがあったぞ」義兄がおどかすようにそういうと、姉も信子も笑い出した。勝子は本式に泣きかけた。

城の石垣に大きな電灯がついていて、後ろの木々に皎々《こうこう》と照っている。その前の木々

は反対に黒ぐろとした蔭になっている。その方で蟬がジッジジッジと鳴いた。

彼は一人後ろになって歩いていた。

彼がこの土地へ来てから、こうして一緒に出歩くのは今夜がはじめてであった。若い女たちと出歩く。そのことも彼の経験では、極めて稀であった。彼はなんとなしに幸福であった。

少し我儘《わがまま》な所のある彼の姉と触《ふ》れ合っている態度に、少しも無理がなく、——それを器用にやっているのではなく、生地《きじ》からの平和な生れつきでやっている。信子はそんな娘であった。

義母《はは》などの信心から、天理教様に拝んでもらえといわれると、素直に拝んでもらっている。それは指の傷だったが、そのため評判の琴も弾《ひ》かないでいた。

学校の植物の標本を造っている。用事に町へ行ったついでなどに、雑草をたくさん風呂敷へ入れて帰って来る。勝子が欲しがるので勝子にも頒《わ》けてやったりなどして、独りせっせとおしをかけている。

勝子が彼女の写真帖を引き出して来て、彼のところへ持って来た。それを極り悪そうにもしないで、彼の聞くことを穏かにはきはきと受け答えする。——信子はそんな好もしいところを持っていた。

今彼の前を、勝子の手を曳いて歩いている信子は、家の中で肩縫揚《かたぬいあ》げのしてある衣服を着て、足をにょきにょき出している彼女とまるで違っておとなに見えた。その隣に姉が歩いている。彼は姉が以前より少し痩《や》せて、いくらかでも歩き振りがよくなったと思った。

「さあ。あんた。先へ歩いて……」

姉が突然後ろを向いて彼にいった。

「どうして」今までの気持で訊かなくともわかっていたがわざと彼はとぼけて見せた。そして自分から笑ってしまった。こんな笑い方をしたからにはもう後ろから歩いてゆく訳にはゆかなくなった。

「早う。気持が悪いわ。なあ。信ちゃん」

「……」笑いながら信子も点頭《うなず》いた。

芝居小屋のなかは思ったように蒸し暑かった。

水番というのか、銀杏返《いちょうがえ》しに結った、年の老《ふ》けた婦《おんな》が、座布団《ざぶとん》を数だけ持って、先に立ってばたばた敷いてしまった。平場《ひらば》の一番後ろで、峻《たかし》が左の端、中へ姉が来て、信子が右の端、後ろへ兄が坐った。丁度幕間《まくあい》で、階下は七分通り詰っていた。

先刻《さっき》の婦が煙草盆を持って来た。火が埋《うず》んであって、暑いのに気が利《き》かなかった。立ち去らずに愚図愚図している。何といったらいいか、この手の婦特有な狡猾《ずる》い顔付で、眼をきょろきょろさせている。眼顔で火鉢を指したり、そらしたり、兄の顔を盗み見たりする。こっちが見てよくわかっているのにと思い、財布の銀貨を袂《たもと》の中で出し悩みながら、彼はその無躾《ぶしつけ》に腹が立った。

義兄《あに》は落ちついてしまって、まるで無感覚である。

「へ、お火鉢」婦はこんなことをそわそわいってのけて、忙しそうに揉手《もみで》をしながらまた眼をそらす。やっと銀貨が出て婦は帰って行った。

やがて幕があがった。

日本人のようでない皮膚の色が少し黒みがかった男が不熱心に道具を運んで来て、時どきじろじろと観客の方を見た。ぞんざいで、面白く思えなかった。それが済むと怪しげな名前の印度人《インドじん》が不作法なフロックコートを着て出て来た。何かわからない言葉で喋《しゃべ》った。唾《つば》をとばしている様子で、褪《さ》めた唇の両端に白く唾がたまっていた。

「なんていったの」姉がこんなに訊いた。すると隣のよそのひとも彼の顔を見た。彼は閉口してしまった。

印度人は席へ下りて立会人《たちあいにん》を物色している。一人の男が腕をつかまれたまま、危《あや》う気《げ》な羞笑《はじわらい》をしていた。その男はとうとう舞台へ連れてゆかれた。髪の毛を前へおろして、糊《のり》の寝た浴衣《ゆかた》を着、暑いのに黒足袋《くろたび》を穿《は》いていた。にこにこして立っているのを、先ほどの男が椅子《いす》を持って来て坐らせた。印度人は非道《ひど》い奴であった。

握手をしようといって男の前へ手を出す。男はためらっていたが思い切って手を出した。すると印度人は自分の手を引き込めて、観客の方を向き、その男の手振《てぶり》を醜く真似て見せ、首根《くびね》っ子《こ》を縮めて嘲笑《あざわら》って見せた。毒々しいものだった。男は印度人の方を見、自分の元いた席の方を見て、危《あぶ》な気《げ》に笑っている。なにか訳のありそうな笑い方だった。子供か女房かがいるのじゃないか。堪《たま》らない、と峻は思った。

握手が失敬になり、印度人の悪ふざけは益〻性《たち》がわるくなった。見物はその度《たび》に笑った。そして手品がはじまった。

紐《ひも》があったのは、切ってもつながっているという手品。金属の瓶《びん》があったのは、いくらでも水が出るという手品。――極《ご》く詰らない手品で、硝子《ガラス》の卓子《テーブル》の上のものは減って行った。まだ林檎《りんご》が残っていた。これは林檎を食って、食った林檎の切《きれ》が今度は火を吹いて口から出て来るというので、試しに例の男が食わされた。皮ごと食ったというので、これも笑われた。

峻はその箸《はし》にも棒にもかからないような笑い方を印度人がする度に、何故あの男は何とかしないのだろうと思っていた。そして彼自身かなり不愉快になっていた。

そのうちにふと、先ほどの花火が思い出されて来た。

「先ほどの花火はまだあがっているだろうか」そんなことを思った。

薄明りの平野のなかへ、星水母《ほしくらげ》ほどに光っては消える遠い市《まち》の花火。海と雲と平野のパノラマがいかにも美しいものに思えた。

「花は」

「Flora」

たしかに「Flower」とはいわなかった。

その子供といい、そのパノラマといい、どんな手品師も敵《かな》わないような立派な手品だったような気がした。

そんなことが彼の不愉快を段々と洗って行った。いつもの癖で、不愉快な場面を非人情に見る、——そうすると反対に面白く見えて来る——その気持がものになりかけて来た。

下等な道化に独りで腹を立てていた先ほどの自分が、ちょっと滑稽だったと彼は思った。

舞台の上では印度人が、看板画そっくりの雰囲気のなかで、口から盛《さかん》に火を吹いていた。それには怪しげな美しささえ見えた。

やっと済むと幕が下りた。

「ああ面白かった」ちょっと嘘のような、とってつけたように勝子がいった。いい方が面白かったので皆笑った。

美人の宙釣《ちゅうづ》り。

力業《ちからわざ》。

オペレット。浅草気分。

美人胴切。

そんなプログラムで、晩《おそ》く家へ帰った。

病気

姉が病気になった。脾腹《ひばら》が痛む、そして高い熱が出る。峻《たかし》は腸チブスではないかと思った。枕元で義兄《あに》が、

「医者さんを呼びに遣《や》ろうかな」といっている。

かず、

「まあよろしいわな。かいい虫かも知れませんで」そして峻にともつかず義兄にともつかず、

「昨日あないに暑かったのに、歩いて帰って来る道で汗がちっとも出なんだの」と弱よわしくいっている。

その前の日の午後、少し浮かぬ顔で遠くから帰って来るのが見え、勝子と二人で窓からふざけながら囃《はや》し立てた。

「勝子、あれ何処のひと?」

「あら。お母さんや。お母さんや」

「嘘いえ。よそのおばさんだよ。見ておいで。家へ入らないから」

その時の顔を峻は思い出した。少し変だったことは少し変だった。家のなかばかりで見馴れている家族を、ふと往来でよそ目に見る——そんな珍らしい気持で見た故と峻は思っていたが、少し力がないようでもあった。

医者が来て、やはりチブスの疑いがあるといって帰った。峻は階下で困った顔を義兄とつき合せた。兄の顔には苦しい微笑が凝《こ》っていた。

腎臓の故障だったことがわかった。舌の苔がなんとかで、といって明瞭にチブスともいい兼ねていた由《よし》をいって、医者も元気に帰って行った。

この家へ嫁《とつ》いで来てから、病気で寝たのはこれで二度目だと姉がいった。

「二度は北ムロで」

「あの時は弱ったな。近所に氷がありませいでなあ、夜中の二時頃、四里《り》ほどの道を自転車で走って、叩き起して買うたのはまあよかったやさ。風呂敷へ包んでサドルの後ろへ結《ゆわ》えつけて戻って来たら、擦《こす》れとりましてな、これだけほどになっとった」

義兄はその手つきをして見せた。姉の熱のグラフにしても、二時間おきほどの正確なものを造ろうとする兄だけあって、その話には兄らしい味が出ていて峻も笑わされた。

「その時は?」

「かい虫をわかしとりましたんじゃ」

——一つには峻自身の不検束《ふしだら》な生活から、彼は一度肺を悪くしたことがあった。その時義兄は北ムロでその病気が癒《なお》るようにと神詣《かみもう》でをしてくれた。病気がややよくなって、峻は一度その北ムロの家へ行ったことがあった。其処《そこ》は山のなかの寒村で、村は百姓と木樵《きこり》で、養蚕《ようさん》などもしていた。冬になると家の近くの畑まで猪が芋を掘りに来たりする。芋は百姓の半分常食になっていた。その時はまだ勝子も小さかった。近所のお婆さんが来て、勝子の絵本を見ながら講釈しているのに、象のことを鼻捲き象、猿のことを山の若い衆とかやえんとか呼んでいた。苗字《みょうじ》のないという児《こ》がいるので聞いて見ると木樵の子だからといって村の人は当然な顔をしている。小学校には生徒から名前の呼び棄てにされている、薫《かおる》という村長の娘が教師をしていた。まだそれが十六、七の年頃だった。

――

北ムロはそんな処であった。峻は北ムロでの兄の話には興味が持てた。

北ムロにいた時、勝子が川へ陥《はま》ったことがある。その話が兄の口から出て来た。

――兄が心臓脚気《しんぞうがっけ》で寝ていた時のことである。七十を越した、兄の祖母で、勝子の曾祖母にあたるお祖母《ばあ》さんが、勝子を連れて川へ茶碗を漬けに行った。その川というのが急な川で、狭かったが底はかなり深かった。お祖母さんは、何時《いつ》でも兄たちが捨てておけというのに、姉が留守だったりすると、勝子などを抱きたがった。その時も姉は外出していた。

はあ、出て行ったな。と寝床の中で思っていると、暫くして変な声がしたので、あっと思ったまま、ひかれるように大病人《たいびょうにん》が起きて出た。川は直ぐ近くだった。見ると、お祖母さんが変な顔をして、「勝子が」といったのだが、そして一所懸命にいおうとしているのだが、そのあとがいえない。

「お祖母さん。勝子が何とした！」

「……」手の先だけが激しくそれをいっている。

勝子が川を流れてゆくのが見えているのだ！　川は丁度雨のあとで水かさが増していた。先に石の橋があって、水が板石《いたいし》とすれずれになっている。その先には川の曲るところがあって、そこは何時も渦が巻いている所だ。川はそこを曲って深い沼のような所へ入る。橋か曲り角で頭を打ちつけるか、流れて行って沼へ沈みでもしようものなら助からないところだった。

兄はいきなり川へ跳び込んで、あとを追った。橋までに捕えるつもりだった。病気の身だった。それでもやっと橋の手前で捕えることは出来た。しかし流れがきつくて橋を力に上ろうと思っても到底駄目だった。板石と水の隙間《すきま》は、やっと勝子の頭位は通せるほどだったので、兄は勝子を差し上げながら水を潜《くぐ》り、下手《しもて》でようやくあがれたのだった。勝子はぐったりとなっていた。逆《さかさ》にしても水を吐かない。兄は気が気でなく、しきりに勝子の名を呼びながら、背中を叩いた。

勝子はけろりと気がついた。気がついたが早いか、立つと直ぐ踊り出したりするのだ。兄はばかされたようで何だか変だった。

「このべべ何としたんや」といって濡れた衣服をひっぱってみても「知らん」といっ

ている。足が滑った拍子に気絶しておったので、全く溺れたのではなかったと見える。

そして、何とまあ、何時もの顔で踊っているのだ。——

兄の話のあらましはこんなものだった。丁度近所の百姓家《ひゃくしょうや》が昼寝の時だったので、自分がその時起きてゆかなければどんなに危険だったかともいった。

話している方も聞いている方も惹《ひ》き入れられて、兄が口をつぐむと、静かになった。

「わたしが帰って行ったらお祖母《ばあ》さんと二人で門で待ってはるの」姉がそんなことをいった。

「何やら家にいてられなんだわさ。着物を着かえてお母ちゃんを待っとろというたりしてなあ」

「お祖母さんがぼけはったのはあれからでしたな」姉は声を少しひそませて意味の籠《こも》った眼を兄に向けた。

「それがあってからお祖母さんがちょっとぼけみたいになりましてなあ。何時まで経《た》ってもこれに（といって姉を指し）よしやんに済まん、よしやんに済まんていいましてな」

「なんのお祖母さん、そんなことがあろうかさ、といっているのに……」

それからのお祖母さんは目に見えてぼけて行って一年ほど経ってから死んだ。

峻《たかし》にはそのお祖母さんの運命がなにか惨酷《ざんこく》な気がした。それが故郷ではなく、勝子のお守りでもする気で出かけて行った北ムロの山の中だっただけに、もう一つその感じは深かった。

峻が北ムロへ行ったのは、その事件の以前であった。お祖母さんは勝子の名前を、その当時もう女学校へ上っていたはずの信子の名と、よく呼び違えた。信子はその当時母などとこっちにいた。まだ信子を知らなかった峻には、お祖母さんが呼び違える度ごとに、信子という名を持った十四、五の娘が頭に親しく想像された。

勝　子

峻は原っぱに面した窓に倚《よ》りかかって外を眺めていた。

灰色の雲が空一帯を罩《こ》めていた。それはずっと奥深くも見え、また地上低く垂れ下っているようにも思えた。

あたりのものはみな光を失って静まっていた。ただ遠い病院の避雷針だけが、どうしたはずみか白く光って見える。

原っぱのなかで子供が遊んでいた。見ていると勝子もまじっていた。男の子が一人いて、なにか荒い遊びをしているらしかった。

勝子が男の子に倒された。起きたところをまた倒された。今度はぎゅうぎゅう押えつけられている。

一体なにをしているのだろう。なんだかひどいことをする。そう思って峻は目をとめた。

それが済むと今度は女の子連中が――それは三人だったが、改札口へ並ぶように男の子の前へ立った。変な切符切りがはじまった。女の子の差し出した手を、その男の子がやけに引っ張る。その女の子は地面へ叩《たた》きつけられる。次の子も手を出す。その手も引っ張られる。倒された子は起きあがって、また列の後ろへつく。

見ているとこうであった。男の子が手を引っ張る力加減に変化がつく。女の子の方ではその強弱をおっかなびっくりに期待するのが面白いのらしかった。

強く引くのかと思うと、身体つきだけ強そうにして軽く引っ張る。すると次はいきなり叩きつけられる。次はまた、手を持ったという位の軽さで通す。

男の子は小さいくせにどうかすると大人の――それも木挽《こび》きとか石工《いしく》とかの恰好そっくりに見えることのある子で、今もなにか鼻唄《はなうた》でも歌いながらやっているように見える。

そしていかにも得意気《とくいげ》であった。

見ているとやはり勝子だけが一番余計強くされているように思えた。彼にはそれが悪くとれた。勝子は婉曲に意地悪されているのだな。——そう思うのには、一つは勝子が我儘《わがまま》で、よその子と遊ぶのにも決していい子にならないからでもあった。

それにしても勝子にはあの不公平がわからないのかな。いや、あれがわからないはずはない。むしろ勝子にとっては、わかってはいながら痩我慢《やせがまん》を張っているのが本当らしい。

そんなに思っているうちにも、勝子はまたこっぴどく叩きつけられた。痩我慢を張っているとすれば、倒された拍子に地面と睨《にら》めっこをしている時の顔附は一体どんなだろう。——立ちあがる時には、もうほかの子と同じような顔をしているが。

よく泣き出さないものだ。

男の子がふとした拍子にこの窓を見るかもしれないからと思って彼は窓のそばを離れなかった。

奥の知れないような曇り空のなかを、きらりきらり光りながら横切ってゆくものがあった。

鳩？

雲の色にぼやけてしまって、姿は見えなかったが、光の反射だけ、鳥にすれば三羽ほど、鳩一流の何処《いずこ》にあてがあるともない飛び方で舞っている。

「あゝあ。勝子のやつ奴《め》、勝手に注文して強くしてもらっているのじゃないかな」そんなことがふっと思えた。何時《いつ》か峻《たかし》が抱きすくめてやった時、「もっとぎゅうっと」と何度も抱きすくめさせた。その時のことが思い出せたのだった。そう思えばそれもいかにも勝子のしそうなことだった。峻は窓を離れて部屋のなかへ入った。


夜、夕飯が済んで暫《しばら》くしてから、勝子が泣きはじめた。峻は二階でそれを聞いていた。しまいにはそれを鎮《しず》める姉の声が高くなって来て、勝子もあたりかまわず泣き立てた。あまり声が大きいので峻は下へおりて行った。信子が勝子を抱いている。勝子は片手を電灯の真下へ引き寄せられて、針を持った姉が、掌《てのひら》へ針を持ってゆこうとする。

「そとへ行って棘《とげ》を立てて来ましたんや。知らんとおったのが御飯を食べるとき醤油が染《し》みてな」義母《はは》が峻にそういった。

「もっとぎゅうとお出し」姉は怒ってしまって、邪慳《じゃけん》に掌を引っ張っている。その度に勝子は火の附くように泣き声を高くする。

「もう知らん、放っといてやる」しまいに姉は掌を振り離してしまった。

「今は仕様《しよう》ないで、××膏をつけてくっとこうよ」義母が取りなすようにいっている。信子が薬を出しに行った。峻は勝子の泣き声に閉口してまた二階へあがった。

薬をつけるのに勝子の泣き声はまだ鎮まらなかった。

「棘はどうせあの時立てたに違いない」峻は昼間のことを思い出していた。ぴしゃっと地面へうつぶせになった時の勝子の顔はどんなだったろう、という考えがまた蘇《よみがえ》って来た。

「ひょっとしてあの時の瘦我慢を破裂させているのかも知れない」そんなことを思って聞いていると、その火がつくような泣き声が、なにか悲しいもののように峻には思えた。

昼と夜

彼は或る日城の傍の崖《がけ》の蔭に立派な井戸があるのを見つけた。

そこは昔の士《さむらい》の屋敷跡のように思えた。畑とも庭ともつかない地面には、梅の老木があったり南瓜《かぼちゃ》が植えてあったり紫蘇《しそ》があったりした。城の崖からは太い逞《たくま》しい喬木《きょうぼく》や古い椿が緑の衝立《ついたて》を作っていて、井戸はその蔭に坐っていた。

大きな井桁《いげた》、堂々とした石の組み様、がっしりしていて立派であった。

若い女の人が二人、洗濯物を大盤《おおだらい》で濯《すす》いでいた。

彼のいた所からは見えなかったが、その仕掛ははね釣瓶《つるべ》になっているらしく、汲みあげられて来る水は大きい木製の釣瓶桶《つるべおけ》に溢れ、樹々《きぎ》の緑が瑞々《みずみず》しく映っている。盥の方の女のひとが待つふりをすると、釣瓶の方の女のひとは水を空《あ》けた。盥の水が躍《おど》り出して水玉の虹がたつ。そこへも緑は影を映して、美しく洗われた花崗岩の畳石の上を、また女のひとの素足の上を水は豊かに流れる。

羨《うらや》ましい、素晴らしく幸福そうな眺めだった。涼しそうな緑の衝立《ついたて》の蔭。確かに清冽で豊かな水。なんとなく魅せられた感じであった。

きょうは青空よい天気

まえの家でも隣でも

水汲む洗う掛ける干す。

国定教科書にあったのか小学唱歌にあったのか、少年の時に歌った歌の文句が憶《おも》い出された。その言葉には何のたくみも感ぜられなかったけれど、彼が少年だった時代、その歌によって抱いたしんに朗《ほが》らかな新鮮な想像が、思いがけず彼の胸におし寄せた。

かあかあ烏が鳴いてゆく、

お寺の屋根へ、お宮の森へ、

かあかあ烏が鳴いてゆく。

それには画がついていた。

また「四方」とかいう題で、子供が朝日の方を向いて手を拡げている図などの記憶が、次つぎに憶い出されて来た。

国定教科書の肉筆めいた楷書の活字。また何という画家の手に成ったものか、角のないその字体と感じのまるで似た、子供といえば円顔《まるがお》の優等生のような顔をしているといった風の、挿画《さしえ》のこと。

「何とか権所有」それをゴンショユウと、人の前では読まなかったが、心のなかで仮《かり》に極《き》めて読んでいたこと。そのなんとか権所有の、これもそう思えば国定教科書に似つかわしい、手紙の文例の宛名のような、人の名。そんな奥附《おくづけ》の有様までが憶い出された。

――少年の時にはその画《え》の通りの処が何処《どこ》かにあるような気がしていた。そうした単純に正直な児《こ》が何処かにいるような気がしていた。彼にはそんなことが思われた。

それらはなにかその頃の憧憬の対象であった。単純で、平明で、健康な世界。――今その世界が彼の前にある。思いもかけず、こんな田舎《いなか》の緑樹の蔭に、その世界はもっと新鮮な形を具《そな》えて存在している。

そんな国定教科書風な感傷のなかに、彼は彼の営むべき生活が指唆《しさ》されたような気がした。

——食ってしまいたくなるような風景に対する愛着と、幼い時の回顧や新しい生活の想像とで彼の時どきの瞬間が燃えた。また時どき寝られない夜が来た。

寝られない夜のあとでは、ちょっとしたことに直ぐ底熱い昂奮が起きる。その昂奮がやむと道傍《みちばた》でもかまわない直ぐ横になりたいような疲労が来る。そんな昂奮は楓《かえで》の肌を見てさえ起った。——

楓樹の肌が冷えていた。城の本丸の彼が何時《いつ》も坐るベンチの後ろでであった。根方《ねかた》に松葉が落ちていた。その上を蟻が清らに匍《は》っていた。

冷い楓の肌を見ていると、ひぜんのようについている蘚《こけ》の模様が美しく見えた。

子供の時の茣蓙《ござ》遊《あそ》びの記憶——殊にその触感が蘇《よみがえ》った。

やはり楓の樹の下である。松葉が散って蟻が匍っている。地面にはでこぼこがある。そんな上へ茣蓙を敷いた。

「子供というものは確かにあの土地のでこぼこを冷い茣蓙の下に感じる蹠《あしうら》の感覚の快さを知っているものだ。そして茣蓙を敷くや否や直ぐその上へ跳び込んで、着物ぐるみじかに地面の上へ転がれる自由を楽しんだりする」そんなことを思いながら彼は直ぐにも頬《ほっ》ぺたを楓の肌につけて冷《ひや》して見たいような衝動を感じた。

「やはり疲れているのだな」彼は手足が軽く熱を持っているのを知った。

「私はお前にこんなものをやろうと思う。

一つはゼリーだ。ちょっとした人の足音にさえいくつもの波紋が起り、風が吹いて来ると漣《さざなみ》をたてる。色は海の青色で――御覧そのなかをいくつも魚が泳いでいる。もう一つは窓掛けだ。織物ではあるが秋草が茂っている叢《くさむら》になっている。またそこには見えないが、色づきかけた銀杏《いちょう》の木がその上に生《は》えている気持。風が来ると草がさわぐ。そして、御覧。尺取虫《しゃくとりむし》が枝から枝を匍《は》っている。

この二つをお前にあげる。まだ出来あがらないから待っているがいい、そして詰らない時には、ふっと思い出して見るがいい。きっと愉快になるから」

彼は或る日葉書へそんなことを書いてしまった、勿論遊戯ではあったが。そしてこの日頃の昼となし夜となしに、時どきふと感じる気持のむず痒《がゆ》さを幾分はかせたような気がした。夜、静かに寝られないでいると、空を五位《ごい》が啼《な》いて通った。ふとするとその声が自分の身体の何処かでしているように思われることがある。虫の啼く声などもへんに部屋の中でのように聞える。

「はあ、来るな」と思っているとえたいの知れない気持が起って来る。——これはこの頃眠れない夜のお極《き》まりのコースであった。

変な気持は、電灯を消し眼をつぶっている彼の眼の前へ、物が盛《さかん》に運動する気配を感じさせた。厖大なものの気配が見るうちに裏返って微塵《みじん》ほどになる。確かどこかで触《さわ》ったことのあるような、口へ含んだことのあるような運動である、廻転機のように絶えず廻っているようで、寝ている自分の足の先あたりを想像すれば、途方もなく遠方にあるような気持に直ぐそれが捲き込まれてしまう。本などを読んでいると時とすると字が小さく見えて来ることがあるが、その時の気持にすこし似ている。ひどくなると一種の恐怖さえ伴って来て眼を閉《ふさ》いではいられなくなる。

彼はこの頃それが妖術が使えそうになる気持だと思うことがあった。それはこんな妖術であった。

子供のとき、弟と一緒に寝たりなどすると、彼はよくうつっ伏《ぶ》せになって両手で墻《かき》を作りながら(それが牧場のつもりであった)、

「芳雄君。この中に牛が見えるぜ」といいながら弟をだました。両手にかこまれて、顔で蓋《ふた》をされた、敷布の上の暗黒のなかに、そういえばたくさんの牛や馬の姿が想像さ

れるのだった。——彼は今そんなことは本当に可能だという気がした。田園、平野、市街、市場、劇場。船着場や海。そういった広大な、人や車馬や船や生物でちりばめられた光景が、どうかしてこの暗黒のなかへ現われてくれるといい。そしてそれが今にも見えて来そうだった。耳にもその騒音が伝わって来るように思えた。葉書へいたずら書《がき》をした彼の気持も、その変てこなむず痒さから来ているのだった。

雨

八月も終りになった。

信子は明日市《まち》の学校の寄宿舎へ帰るらしかった。指の傷が癒《なお》ったので、天理様へ御礼に行って来いと母にいわれ、近所の人に連れられて、そのお礼も済ませて来た。その人がこの近所では最も熱心な信者だった。

「荷札《にふだ》は?」信子の大きな行李《こうり》を縛ってやっていた兄がそういった。

「何を立って見とるのや」兄が怒ったようにからかうと、信子は笑いながら捜しに行った。

「ないわ」信子がそんなにいって帰って来た。

「カフスの古いので作ったら……」と彼がいうと、兄は、

「いや、まだたくさんあったはずや。あの抽出《ひきだ》し見たか」信子は見たといった。

「勝子がまた蔵《しま》い込んどるんやないかいな。一遍見てみ」兄がそんなにいって笑った。

勝子は自分の抽出しへ極《ご》く下らないものまで拾って来ては蔵い込んでいた。

「荷札ならここや」母がそういって、それ見たかというような軽い笑顔をしながら持って来た。

「やっぱり年寄《としより》がおらんとあかんて」兄はそんな情愛の籠《こも》ったことをいった。

晩には母が豆を煎《い》っていた。

「峻《たかし》さん。あんたにこんなのはどうですな」そんなにいって煎りあげたのを彼の方へ寄せた。

「信子が寄宿舎へ持って帰るお土産《みやげ》です。一升ほど持って帰っても、じきにぺろっと失《な》くなるのやそうで……」

峻が話を聴きながら豆を咬《か》んでいると、裏口で音がして信子が帰って来た。

「貸してくれはったか」

「はあ、裏へおいといた」

「雨が降るかも知れんで、ずっとなかへ引き込んでおいで」

「はあ。ひき込んである」

「吉峰さんのおばさんがあしたお帰りですかて……」信子は何かおかしそうに言葉を杜断《とぎ》らせた。

「あしたお帰りですかて？」母が聞きかえした。

吉峰さんの小母《おば》さんに「何時《いつ》お帰りです。あしたお帰りですか」と訊《き》かれて、信子が間誤《まご》ついて「ええあしたお帰りです」といったという話だった。母や彼が笑うと、信子は少し顔を赧《あか》くした。

借りて来たのは乳母車《うばぐるま》だった。

「明日一番で立つのを、行李乗せて停車場まで送って行《い》てやります」母がそんなにいって訳を話した。

大変だな、と彼は思っていた。

「勝子も行くて？」信子が訊くと、

「行くのやというて、今夜は早うからおやすみや」と母がいった。

彼は、朝が早いのに荷物を出すなんて面倒だから、今夜のうちに切符を買って、先へ手荷物で送ってしまったらいいと思って、

「僕、今から持って行って来ましょうか」といって見た。一つには、彼自身体裁屋な

ので、年頃の信子の気持を先廻りしたつもりであった。しかし母と信子があまり「かまわない、かまわない」というのであちらまかせにしてしまった。

母と娘と姪《めい》が、夏の朝の明方《あけがた》を三人で、一人は乳母車をおし、一人はいでたちをした一人に手を曳かれ、停車場へ向ってゆく、その出発を彼は心に浮べて見た。美しかった。

「お互《たがい》の心の中でそうした出発の楽しさをあてにしているのじゃなかろうか」そして彼は心が清く洗われるのを感じた。

夜はその夜も眠りにくかった。

十二時頃夕立がした。その続きを彼は心待ちに寝ていた。

暫くするとそれが遠くからまた歩み寄って来る音がした。

虫の声が雨の音に変った。ひとしきりするとそれはまた町の方へ過ぎて行った。

蚊帳《かや》をまくって起きて出、雨戸を一枚繰《く》った。

城の本丸《ほんまる》に電灯が輝いていた。雨に光沢を得た樹の葉がその灯の下で数知れない魚鱗《うろこ》のような光を放っていた。

また夕立が来た。彼は閾《しきい》の上へ腰をかけ、雨で足を冷した。

眼の下の長屋の一軒の戸が開いて、ねまき姿の若い女が喞筒《ポンプ》へ水を汲みに来た。

雨の脚《あし》が強くなって、とゆがごくりごくり喉を鳴らし出した。

気がつくと、白い猫が一匹、よその家の軒下をわたって行った。

信子の着物が物干竿にかかったまま雨の中にあった。筒袖《つつそで》の、平常《ふだん》着ていたゆかたで彼の一番眼に慣れた着物だった。その故《せい》か、見ていると不思議な位《くらい》信子の身体つきが髣《ほう》髴《ふつ》とした。

夕立はまた町の方へ行ってしまった。遠くでその音がしている。

「チン、チン」

「チン、チン」

鳴きだしたこおろぎの声にまじって、質の緻密な玉を硬度の高い金属ではじくような虫もなき出した。

彼はまだ熱い額を感じながら、城を越えてもう一つ夕立が来るのを待っていた。


――『青空』一九二五年二月――

ある心の風景

一

喬《たかし》は彼の部屋の窓から寝静まった通りに凝視《みい》っていた。起きている窓はなく、深夜の静けさは暈《かさ》となって街灯のぐるりに集っていた。固い音が時どきするのは突き当って行く黄金虫《ぶんぶん》の音でもあるらしかった。

其処《そこ》は入り込んだ町で、昼間でも人通りは尠《すくな》く、魚の臓腑《はらわた》や鼠の死骸は幾日も位置を動かなかった。両側の家々はなにか荒廃していた。自然力の風化して行くあとが見えた。紅殻《べにがら》が古びてい、荒壁の塀は崩れ、人びとはそのなかで古手拭のように無気力な生活をしているように思われた。喬の部屋はそんな通りの、卓子《テーブル》でいうなら主人役の位置に窓を開いていた。

時どき柱時計の振子《ふりこ》の音が戸の隙間から洩れてきこえて来た。遠くの樹《き》に風が黒く渡る。と、やがて眼近い夾竹桃《きょうちくとう》は深い夜のなかで揺れはじめるのであった。喬はただ凝視《みい》っている。――闇のなかに仄白《ほのじろ》く浮んだ家の額《ひたい》は、そうした彼の視野のなかで、消えてゆき現われて来、喬は心の裡《うち》に定かならぬ想念のまた過ぎてゆくのを感じた。蟋蟀《こおろぎ》が鳴いていた。そのあたりから――と思われた――微《かす》かな植物の朽ちてゆく匂いが漂《ただよ》って来た。

「君の部屋は仏蘭西《フランス》の蝸牛《エスカルゴ》の匂いがするね」

喬のところへやって来たある友人はそんなことをいった。またある一人は

「君は何処《どこ》に住んでも直ぐその部屋を陰鬱にしてしまうんだな」といった。

何時《いつ》も紅茶の滓《かす》が溜《たま》っているピクニック用の湯沸器。帙《ちつ》と離ればなれに転っている本の類。紙切れ。そしてそんなものを押しわけて敷かれている蒲団《ふとん》。喬はそんななかで青鷺《あおさぎ》のように昼は寝ていた。眼が覚めては遠くに学校の鐘を聞いた。そして夜、人びとが寝静まった頃この窓へ来てそとを眺めるのだった。

深い霧のなかを影法師のように過ぎてゆく想念がだんだん分明になって来る。彼の視野のなかで消散したり凝聚《ぎょうしゅう》したりしていた風景は、或る瞬間それが実に親しい風景だったかのように、また或る瞬間は全く未知の風景のように見えはじめる。そして或る瞬間が過ぎた。——喬にはもう、どこまでが彼の想念であり、どこからが深夜の町であるのか、わからなかった。暗《やみ》のなかの夾竹桃はそのまま彼の憂鬱であった。物陰の電灯に写し出されている土塀《どべい》、暗と一つになっているその陰影。観念もまた其処で立体的な形をとっていた。

喬は彼の心の風景を其処に指呼《しこ》することが出来ると思った。

二

どうして喬がそんなに夜更《よふ》けて窓に起きているか、それは彼がそんな時刻まで寝られないからでもあった。寝るには余り暗い考えが彼を苦しめるからでもあった。彼は悪い病気を女から得て来ていた。

ずっと以前彼はこんな夢を見たことがあった。

――足が地脹《じば》れをしている。その上に、噛んだ歯がたのようなものが二列《ふたならび》ついている。脹れはだんだんひどくなって行った。それにつれてその痕《あと》は段々深く、まわりが大きくなって来た。

或るものはネエヴルの尻のようである。盛りあがった気味悪い肉が内部から覗《のぞ》いていた。また或る痕は、細長く深く切れ込み、古い本が紙魚《しみ》に食い貫《ぬ》かれたあとのようになっている。

変な感じで、足は見ているうちにも青く脹れてゆく。痛くもなんともなかった。腫物《はれもの》は紅《あか》いサボテンの花のようである。

母がいる。

「あゝあ。こんなになった」

彼は母に当てつけの口調だった。

「知らないじゃないか」

「だって、あなたが爪でかたをつけたのじゃありませんか」

母が爪で圧《お》したのだ、と彼は信じている。しかしそういったとき喬に、ひょっとしてあれじゃないだろうか、という考えが閃《ひらめ》いた。

でもまさか、母は知ってはいないだろう、と気強く思い返して、夢のなかの喬は

「ね！　お母さん！」と母を責めた。

母は弱らされていた。が、暫《しばら》くしてとうとう

「そいじゃ、癒《なお》してあげよう」といった。

二列の腫物は何時《いつ》の間《ま》にか胸から腹へかけて移っていた。どうするのかと彼が見ていると、母は胸の皮を引張って来て（それは何時の間にか、萎《しぼ》んだ乳房のようにたるんでいた）一方の腫物を一方の腫物のなかへ、恰度釦《ちょうどボタン》を嵌《は》めるようにして嵌め込んでいった。夢のなかの喬はそれを不足そうな顔で、黙って見ている。

一対ずつ一対ずつ一列の腫物は他の一列へそういう風にしてみな嵌まってしまった。

「これは××博士の法だよ」と母がいった。釦の多いフロックコートを着たようである。しかし、少し動いても直ぐ脱《はず》れそうで不安であった。——

何よりも母に、自分の方のことは包み隠して、気強く突きかかって行った。そのことが、夢のなかのことながら、彼には応《こた》えた。

女を買うということが、こんなにも暗く彼の生活へ、夢に出るまで、浸み込んで来たのかと喬は思った。現実の生活にあっても、彼が女の児《こ》の相手になっている。そしてその児が意地の悪いことをしたりする。そんなときふと邪慳《じゃけん》な娼婦は心に浮び、喬は堪《たま》らない自己嫌厭《じこけんお》に堕《お》ちるのだった。生活に打ち込まれた一本の楔《くさび》がどんなところにまで歪《ひずみ》を及ぼして行っているか、彼はそれに行き当る度《たび》に、内面的に汚れている自分を識《し》ってゆくのだった。

そしてまた一本の楔、悪い病気の疑いが彼に打ち込まれた。以前見た夢の一部が本当になったのである。

彼は往来で医者の看板に気をつける自分を見出すようになった。新聞の広告をなにげなく読む自分を見出すようになった。それはこれまでの彼が一度も意識してしたことのない事であった。美しいものを見る。そして愉快になる。ふと心のなかに喜ばないものがあるのを感じて、それを追ってゆき、彼の突きあたるものは、やはり病気のことであった。そんなとき喬は暗いものに到るところ待ち伏せされているような自分を感じないではいられなかった。

時どき彼は、病める部分を取り出して眺めた。それはなにか一匹の悲しんでいる生き物の表情で、彼に訴えるのだった。

三

喬《たかし》は度たびその不幸な夜のことを思い出した。――

彼は酔っ払った嫖客《ひょうかく》や、嫖客を呼びとめる女の声の聞えて来る、往来に面した部屋に一人坐っていた。勢いづいた三味線や太鼓の音が近所から、彼の一人の心に響いて来た。

「この空気！」と喬は思い、耳を欹《そばだ》てるのであった。ぞろぞろと履物《はきもの》の音。間を縫って利休が鳴っている。――物音はみな、或るもののために鳴っているように思えた。アイスクリーム屋の声も、歌をうたう声も、なにからなにまで。

小婢《こおんな》の利休の音も、直《す》ぐ表《おも》ての四条通ではこんな風には響かなかった。

喬は四条通を歩いていた何分か前の自分、――其処《そこ》では自由に物を考えていた自分、――と同じ自分を今この部屋のなかで感じていた。

「とうとうやって来た」と思った。

小婢が上って来て、部屋には便利炭の蠟《ろう》が匂った。喬は満足に物がいえず、小婢の降りて行ったあとで、そんな直ぐに手の裏返したようになれるかい、と思うのだった。

女はなかなか来なかった。喬は屈託した気持で、思いついたまま、勝手を知ったこの家の火の見へ上って行こうと思った。

朽ちかけた梯子《はしご》をあがろうとして、眼の前の小部屋の障子が開いていた。なかには蒲団が敷いてあり、人の眼がこちらを睨《にら》んでいた。知らぬふりであがって行きながら喬は、こんな場所での気強さ、と思った。

火の見へあがると、この界隈《かいわい》を覆っているのは暗い甍《いらか》であった。そんな間から所どころ、電灯をつけた座敷が簾越《すだれご》しに見えていた。レストランの高い建物が、思わぬところから頭を出していた。四条通はあすこかと思った。八坂神社《やさかじんじゃ》の赤い門。電灯の反射をうけて仄《ほの》かに姿を見せている森。そんなものが甍越しに見えた。夜の靄《もや》が遠くはぼかしていた。円山《まるやま》、それから東山。天の川がそのあたりから流れていた。

喬は自分が解放されるのを感じた。そして、

「何時も此処《ここ》へは登ることに極《き》めよう」と思った。

五位《ごい》が鳴いて通った。煤黒《すすぐろ》い猫が屋根を歩いていた。喬は足元に闌《すが》れた秋草の鉢を見た。

女は博多から来たのだといった。その京都言葉に変な訛《なま》りがあった。身嗜《みだしな》みが綺麗《きれい》で、喬は女にそういった。そんなことから、女の口はほぐれて、自分がまだ出て匆々《そうそう》だのに、

先月はお花を何千本売って、この廓《くるわ》で四番目なのだといった。またそれは一番から順に検番《けんばん》に張り出され、何番かまではお金が出る由《よし》いった。女の小ざっぱりしているのはそんな彼女におかあはんというのが気をつけてやるのであった。

「そんな訳やでうちも一所懸命にやってるの。こないだからもな、風邪ひいとるんやけど、しんどうてな、おかあはんは休めというけど、うちは休まんのや」

「薬は飲んでるのか」

「うちでくれたけど、一服五銭でな、……あんなものなんぼ飲んでもきかせん」

喬はそんな話を聞きながら、頭ではS―という男の話にきいたある女の事を憶《おも》い浮べていた。

それは醜い女で、その女を呼んでくれと名をいうときは、いくら酔っていても羞《はずか》しい思いがすると、S―はいっていた。そして着ている寝間着《ねまき》の汚いこと、それは話にならないよといった。

S―は最初、ふとした偶然からその女に当り、その時、よもやと思っていたような異様な経験をしたのであった。その後S―はひどく酔ったときなどは、気持にはどんな我慢をさせてもという気になってついその女を呼ぶ、心が荒くなってその女でないと満足出来ないようなものが、酒を飲むと起るのだといった。

喬はその話を聞いたとき、女自身に病的な嗜好があるのなればとにかくだがと思い、畢竟廓《ひっきょう》での生存競争が、醜いその女にそのような特殊なことをさせるのだと、考えは暗い其処へ落ちた。

その女は唖のように口をきかぬと、S——はいった。尤も話をする気にはならないよと、またいった。一体、やはり痘の、何人位の客をその女は持っているのだろうと、その時喬は思った。

喬はその醜い女とこの女とを思い比べながら、耳は女のお喋《しゃべ》りに任せていた。

「あんたは温柔《おとな》しいな」と女はいった。

女の肌は熱かった。新らしいところへ触れて行く度に「これは熱い」と思われた。

——

「またこれから行かんならん」といって女は帰る仕度をはじめた。

「あんたも帰るのやろ」

「うむ」

喬は寝ながら、女がこっちを向いて、着物を着ておるのを見ていた。見ながら彼は「さ、どうだ。これだ」と自分に確めていた。それはこんな気持であった。——平常自分が女、女、と想っている、そしてこのような場所へ来て女を買うが、女が部屋へ入って来る、それまではまだいい、女が着物を脱ぐ、それまでもまだいい、それからそれ以上は、何が平常から想っていた女だろう。「さ、これが女の腕だ」と自分自身で確める。しかしそれはまさしく女の腕であって、それだけだ。そして女が帰り仕度をはじめた今頃、それはまた女の姿をあらわして来るのだ。

「電車はまだあるか知らん」

「さあ、どうやろ」

喬は心の中でもう電車がなくなっていてくれればいいと思った。階下のおかみは「帰るのがお厭《いや》どしたら、朝まで寝とおいやしても、うちはかましまへん」というかも知れない。それより、「誰ぞをお呼びやおへんのどしたら、帰っとくれやす」といわれる方が、と喬は思うのだった。

「あんた一緒に帰らへんのか」

女は身じまいはしたが、まだ愚図《ぐず》ついていた。「まあ」と思い、彼は汗づいた浴衣《ゆかた》だけは脱ぎにかかった。

女は帰って、直ぐ彼は「ビール」と小婢《こおんな》にいいつけた。

ジュ、ジュクと雀の啼声《なきごえ》が樋《とい》にしていた。喬《たかし》は朝靄《あさもや》のなかに明けて行く水々しい外面《そとも》を、半分眼覚めた頭に描いていた。頭を挙《あ》げると朝の空気のなかに光の薄れた電灯が、睡《ねむ》っている女の顔を照していた。

花売の声が戸口に聞えたときも彼は眼を覚ました。新鮮な声、と思った。榊《さかき》の葉やいろいろの花にこぼれている朝陽《あさひ》の色が、見えるように思われた。

やがて、家々の戸が勢いよく開いて、学校へ行く子供の声が路に聞えはじめた。女はまだ深く睡っていた。

「帰って、風呂へ行って」と女は欠伸《あくび》まじりにいい、束髪の上へ載せる丸く編んだ毛を掌《てのひら》に載せ、「帰らしてもらいまっさ」といって出て行った。喬はそのまままた寝入った。

四

喬は丸太町《まるたまち》の橋の袂《たもと》から加茂磧《かもがわら》へ下りて行った。磧に面した家々が、其処に午後の日蔭を作っていた。

護岸工事に使う小石が積んであった。それは秋日の下で一種の強い匂いをたてていた。荒神橋《こうじんばし》の方に遠心乾燥器が草原に転《ころが》っていた。そのあたりで測量の巻尺が光っていた。

川水は荒神橋の下手《しもて》で簾《すだれ》のようになって落ちている。夏草の茂った中洲《なかす》の彼方《かなた》で、浅瀬は輝きながらサラサラ鳴っていた。鶺鴒《せきれい》が飛んでいた。

背を刺すような日表《ひなた》は、蔭となるとさすが秋の冷たさが跼《くぐま》っていた。喬は其処に腰を下した。

「ひとが通る、車が通る」と思った。また

「街では自分は苦しい」と思った。

川向うの道を徒歩や車が通っていた。川添《かわぞい》の公設市場。タールの樽《たる》が積んである小屋。空地《あきち》では家を建てるのか人びとが働いていた。

川上《かわかみ》からは時どき風が吹いて来た。カサコソと彼の坐っている前を、皺《しわ》になった新聞紙が押されて行った。小石に阻《はば》まれ、一しきり風に堪えていたが、ガックリ一つ転ると、また運ばれて行った。

二人の子供に一匹の犬が川上の方へ歩いて行く。犬は戻って、ちょっとその新聞紙を嗅《か》いで見、また子供のあとへついて行った。

川のこちら岸には高い欅《けやき》の樹《き》が葉を茂らせている。喬は風に戦《そよ》いでいるその高い梢《こずえ》に心は惹《ひ》かれた。やや暫らく凝視《みい》っているうちに、彼の心の裡《うち》のなにかがその梢に棲《とま》り、高い気流のなかで小さい葉と共に揺れ青い枝と共に撓《たわ》んでいるのが感じられた。

「ああこの気持」と喬は思った。「視《み》ること、それはもうなにかなのだ。自分の魂の一部分あるいは全部がそれに乗り移ることなのだ」

喬はそんなことを思った。毎夜のように彼の坐る窓辺、その誘惑――病鬱や生活の苦《く》渋《じゅう》が鎮《しず》められ、ある距《へだた》りをおいて眺められるものとなる心の不思議が、此処の高い欅の梢にも感じられるのだった。

「街で自分は苦しい」

北には加茂の森が赤い鳥居を点じていた。その上に遠い山々は累《かさな》って見える。比叡山――それを背景にして、紡績工場の煙突が煙を立登らせていた。赤煉瓦の建物。ポスト。荒神橋には自転車が通り、パラソルや馬力《ばりき》が動いていた。日蔭は磧に伸び、物売のラッパが鳴っていた。

五

喬は夜更《よふ》けまで街をほっつき歩くことがあった。

人通りの絶えた四条通は稀に酔っ払いが通る位のもので、夜霧はアスファルトの上までおりて来ている。両側の店はゴミ箱を鋪道《ほどう》に出して戸を鎖《とざ》してしまっている。所どころに嘔吐《へど》がはいてあったり、ゴミ箱が倒されていたりした。喬は自分も酒に酔ったときの経験は頭に上り、今は静かに歩くのだった。

新京極に折れると、たてた戸の間から金盥《かなだらい》を持って風呂へ出かけてゆく女の下駄が鳴り、ローラースケートを持ち出す小店員、うどんの出前を運ぶ男、往来の真中で棒押しをしている若者などが、異様な盛り場の夜更けを見せている。昼間は雑鬧《ざっとう》のなかに埋《うも》れていたこの人びとはこの時刻になって存在を現わして来るのだと思えた。

新京極を抜けると町は本当の夜更けになっている。昼間は気のつかない自分の下駄の音が変に耳につく。そしてあたりの静寂は、なにか自分が変なたくらみを持って町を歩いているような感じを起させる。

喬は腰に朝鮮の小さい鈴を提《さ》げて、そんな夜更け歩いた。それは岡崎公園にあった博覧会の朝鮮館で友人が買って来たものだった。銀の地に青や赤の七宝《しっぽう》がおいてあり、美しい枯れた音がした。人びとのなかでは聞えなくなり、夜更けの道で鳴出《なりだ》すそれは、彼の心の象徴のように思えた。

此処《ここ》でも町は、窓辺から見る風景のように、歩いている彼に展《ひら》けてゆくのであった。

生れてから未だ一度も踏まなかった道。そして同時に、実に親しい思いを起させる道。――それはもう彼が限られた回数通り過ぎたことのある何時《いつ》もの道ではなかった。何時の頃から歩いているのか、喬は自分がとことわの過ぎてゆく者であるのを今は感じた。

そんな時朝鮮の鈴は、喬の心を顫《ふる》わせて鳴った。或る時は、喬の現身《うつしみ》は道の上に失われ鈴の音だけが町を過《よぎ》るかと思われた。また或る時それは腰のあたりに湧き出して、彼の身体の内部へ流れ入る澄み透った渓流のように思えた。それは身体を流れめぐって、病気に汚れた彼の血を、洗い清めてくれるのだ。

「俺はだんだん癒《なお》ってゆくぞ」

コロコロ、コロコロ、彼の小さな希望は深夜の空気を清らかに顫わせた。

六

窓からの風景は何時の夜も渝《かわ》らなかった。喬にはどの夜もみな一つに思える。

しかし或る夜、喬は暗《やみ》のなかの木に、一点の蒼白《あおじろ》い光を見出した。いずれなにかの虫には違いないと思えた。次の夜も、次の夜も、喬はその光を見た。

そして彼が窓辺を去って、寝床の上に横になるとき、彼は部屋のなかの暗にも一点の燐光を感じた。

「私の病んでいる生き物。私は暗闇のなかにやがて消えてしまう。しかしお前は睡《ねむ》らないでひとりおきているように思える。そとの虫のように……青い燐光を燃《もや》しながら……」

――『青空』一九二六年八月――

冬の日

一

季節は冬至《とうじ》に間もなかった。尭《たかし》の窓からは、地盤の低い家々の庭や門辺《かどべ》に立っている木々の葉が、一日ごと剝《は》がれてゆく様が見えた。

ごんごん胡麻《ごま》は老婆の蓬髪《ほうはつ》のようになってしまい、霜に美しく灼《や》けた桜の最後の葉がなくなり、欅《けやき》が風にかさかさ身を震《ふる》わすごとに隠れていた風景の部分が現われて来た。

もう暁刻《あかとき》の百舌鳥《もず》も来なくなった。そして或る日、屏風《びょうぶ》のように立ち並んだ欅の木へ鉛色の椋鳥《むくどり》が何百羽と知れず下りた頃から、段々霜は鋭くなって来た。

冬になって尭の肺は疼《いた》んだ。落葉が降り溜《たま》っている井戸端《いどばた》の漆喰《しっくい》へ、洗面のとき吐く痰《たん》は、黄緑色からにぶい血の色を出すようになり、時にそれは驚くほど鮮かな紅《くれない》に冴《さ》えた。尭が間借《まがり》二階の四畳半で床を離れる時分には、主婦の朝の洗濯は夙《と》うに済んでいて、漆喰は乾いてしまっている。その上へ落ちた痰は水をかけても離れない。尭は金魚の仔《こ》でもつまむようにしてそれを土管の口へ持って行くのである。彼は血の痰を見てももうなんの刺戟でもなくなっていた。が、冷澄《れいちょう》な空気の底に冴え冴えとした一塊《ひとかたまり》の彩《いろど》りは、何故かいつもじっと凝視《みつ》めずにはいられなかった。

尭はこの頃生きる熱意をまるで感じなくなっていた。一日一日が彼を引摺《ひきず》っていた。そして裡《うち》に住むべきところをなくした魂は、常に外界へ逃れよう逃れようと焦慮《あせ》っていた。——昼は部屋の窓を展《ひら》いて盲人のようにそとの風景を凝視める。夜は部屋の外の物音や鉄瓶の音に聾者《ろうしゃ》のような耳を澄ます。

冬至に近づいてゆく十一月の脆《もろ》い陽《ひ》ざしは、しかし、彼が床を出て一時間とは経たない窓の外で、どの日もどの日も消えかかってゆくのであった。翳《かげ》ってしまった低地には、彼の棲《す》んでいる家の投影さへ没してしまっている。それを見ると尭の心には墨汁のような悔恨やいらだたしさが拡ってゆくのだった。日向《ひなた》は僅かに低地を距《へだ》てた、灰色の洋風の木造家屋に駐《とど》まっていて、その時刻、それはなにか悲しげに、遠い地平へ落ちてゆく入《い》り日《ひ》を眺めているかのように見えた。

冬陽《ふゆび》は郵便受のなかへまで射しこむ。路上のどんな小さな石粒も一つ一つ影を持っていて、見ていると、それがみな埃及《エジプト》のピラミッドのような巨大《コロッサール》な悲しみを浮べている。——低地を距てた洋館には、その時刻、並んだ蒼桐《あおぎり》の幽霊のような影が写っていた。向日性を持った、もやしのように蒼白い尭の触手は、不知不識《しらずしらず》その灰色した木造家屋の方へ伸びて行って、其処に滲《し》み込んだ不思議な影の痕《あと》を撫《な》でるのであった。彼は毎日それが消えてしまうまでの時間を空虚な心で窓を展いていた。

展望の北隅を支えている樫《かし》の並樹《なみき》は、或る日は、その鋼鉄のような弾性で撓《し》ない踊りながら、風を揺りおろして来た。容貌をかえた低地にはカサコサと枯葉が骸骨の踊りを鳴らした。

そんなとき蒼桐の影は今にも消されそうにも見えた。もう日向とは思えない其処に、気のせいほどの影がまだ残っている。そしてそれは凩《こがらし》に追われて、砂漠のような、其処では影の生きている世界の遠くへ、段々姿を掻き消してゆくのであった。

尭はそれを見終ると、絶望に似た感情で窓を鎖《とざ》しにかかる。もう夜を呼ぶばかりの凩に耳を澄ましていると、或る時はまだ電気も来ない何処《どこ》か遠くでガラス戸の摧《くだ》け落ちる音がしていた。

二

尭は母からの手紙を受け取った。

「延子《のぶこ》をなくしてから父上はすっかり老い込んでおしまいになった。お前の身体も普通の身体ではないのだから大切にして下さい。もうこの上の苦労はわたしたちもしたくない。

わたしはこの頃夜中なにかに驚いたように眼が醒《さ》める。頭はお前のことが気懸りなのだ。いくら考えまいとしても駄目です。わたしは何時間も眠れません。」

尭はそれを読んである考えに悽然《せいぜん》とした。人びとの寝静まった夜を超えて、彼と彼の母が互《たが》に互を悩み苦しんでいる。そんなとき、彼の心臓に打った不吉な搏動《はくどう》が、どうして母を眼覚まさないといい切れよう。

尭の弟は脊椎《せきつい》カリエスで死んだ。そして妹の延子も腰椎《ようつい》カリエスで、意志を喪《うしな》った風景のなかを死んで行った。其処では、たくさんの虫が一匹の死にかけている虫の周囲に集って悲しんだり泣いたりしていた。そして彼らの二人ともが、土に帰る前の一年間を横たわっていた、白い土の石膏《せっこう》の床からおろされたのである。

――どうして医者は「今の一年は後の十年だ」なんていうのだろう。

尭はそういわれたとき自分の裡《うち》に起った何故か跋《ばつ》の悪いような感情を想出《おもいだ》しながら考えた。

――まるで自分がその十年で到達しなければならない理想でも持っているかのように。どうしてあと何年経てば死ぬとはいわないのだろう。

尭の頭には彼にしばしば現前する意志を喪った風景が浮びあがる。

暗い冷い石造の官衙《かんが》の立並んでいる街の停留所《ていりゅうじょ》。其処で彼は電車を待っていた。家へ帰ろうか賑《にぎ》やかな街へ出ようか、彼は迷っていた。どちらの決心もつかなかった。そして電車はいくら待ってもどちらからも来なかった。圧《お》しつけるような暗い建築の陰影、裸の並樹、疎《まば》らな街灯の透視図。――その遠くの交叉路《こうさろ》には時どき過ぎる水族館のような電車。風景は俄《にわか》に統制を失った。そのなかで彼は激しい滅形を感じた。

稚《おさな》い尭は捕鼠器《ねずみとり》に入った鼠を川に漬けに行った。透明な水のなかで鼠は左右に金網を伝い、それは空気のなかでのように見えた。やがて鼠は網目の一つへ鼻を突込んだまま動かなくなった。白い泡が鼠の口から最後に泛《うか》んだ。……

尭は五、六年前は、自分の病気が約束している死の前には、ただ甘い悲しみを撒《ま》いただけで通り過ぎていた。そして何時かそれに気がついて見ると、栄養や安静が彼に浸潤した、美食に対する嗜好や安逸や怯懦《きょうだ》は、彼から生きて行こうとする意志を段々に持ち去っていた。しかし彼は幾度も心を取り直して生活に向って行った。が、彼の思索や行為は何時《いつ》の間にか佯《いつわ》りの響《ひびき》をたてはじめ、やがてその滑らかさを失って凝固《ぎょうこ》した。と、彼の前には、そういった風景が現われるのだった。

何人もの人間がある徴候をあらわしある経過を辿《たど》って死んで行った。それと同じ徴候がお前にあらわれている。

近代科学の使徒の一人が、尭《たかし》にはじめてそれを告げたとき、彼の拒否する権限もないそのことは、ただ彼が漠然忌《い》み嫌《きら》っていたその名称ばかりで、頭がそれを受けつけなかった。もう彼はそれを拒否しない。白い土の石膏の床は彼が黒い土に帰るまでの何年かのために用意されている。其処ではもう転輾《てんてん》することさえ許されないのだ。

夜が更《ふ》けて夜番の撃柝《げきたく》の音がきこえ出すと、尭は陰鬱な心の底で呟《つぶや》いた。

「おやすみなさい、お母さん」

撃柝の音は坂や邸《やしき》の多い尭の家のあたりを、微妙に変ってゆく反響の工合《ぐあい》で、それが通ってゆく先々を髣髴《ほうふつ》させた。肺の軋《きし》む音だと思っていた杳《はる》かな犬の遠吠《とおぼえ》。――尭には夜番が見える。母の寝姿が見える。もっともっと陰鬱な心の底で彼はまた呟く。

「おやすみなさい、お母さん」

三

尭は掃除をすました部屋の窓を明け放ち、籐《とう》の寝椅子に休んでいた。と、ジュッジュッという啼声《なきごえ》がしてかなむぐらの垣の蔭に笹鳴《ささなき》の鶯《うぐいす》が見え隠れするのが見えた。ジュッ、ジュッ、尭は鎌首をもたげて、口でその啼声を模《ま》ねながら、小鳥の様子を見ていた。――彼は自家《うち》でカナリヤを飼っていたことがある。

美しい午前の日光が葉をこぼれている。笹鳴は口の音に迷わされてはいるが、そんな場合のカナリヤなどのように、機微な感情は現わさなかった。食慾に肥《こ》えふとって、なにか堅いチョッキでも着たような恰好をしている。――堯が模ねをやめると、愛想もなく、下枝の間を渡りながら行ってしまった。

低地を距《へだ》てて、谷に臨んだ日当りのいいある華族の庭が見えた。黄に枯れた朝鮮芝に赤い蒲団が干してある、――堯は何時になく早起をした午前にうっとりとした。

暫くして彼は、葉が褐色に枯れ落ちている屋根に、つるもどきの赤い実がつややかに露《あら》われているのを見ながら、家の門を出た。

風もない青空に、黄に化《かわ》りきった公孫樹《いちょう》は、静かに影を畳んで休ろうていた。白い化粧煉瓦を張った長い塀が、いかにも澄んだ冬の空気を映していた。その下を孫を負《お》ぶった老婆が緩《ゆっく》り緩り歩いて来る。

堯は長い坂を下りて郵便局へ行った。日の射し込んでいる郵便局は絶えず扉が鳴り、人びとは朝の新鮮な空気を撒《ま》き散らしていた。堯は永い間こんな空気に接しなかったような気がした。

彼は細い坂を緩り緩り登った。山茶花《さざんか》の花ややつでの花が咲いていた。堯は十二月になっても蝶《ちょう》がいるのに驚ろいた。それの飛んで行った方角には日光に撒かれた虻《あぶ》の光点が忙しく行き交《こ》うていた。

「痴呆《ちほう》のような幸福だ」と彼は思った。そしてうつらうつら日溜《ひだま》りに屈《かが》まっていた。

――やはりその日溜りの少し離れたところに小さい子供たちがなにかして遊んでいた。四、五歳の童子や童女たちであった。

「見てやしないだろうな」と思いながら尭は浅く水が流れている溝のなかへ痰《たん》を吐いた。そして彼らの方へ近づいて行った。女の子であばれているのもあった。男の子で温柔《おとな》しくしているのもあった。稚《おさな》い線が石墨で路に描かれていた。――尭はふと、これは何処《どこ》かで見たことのある情景だと思った。不意に心が揺れた。揺り覚された虻が茫漠とした尭の過去へ飛び去った。その麗《うらら》かな臘月《ろうげつ》の午前へ。

尭の虻は見つけた。山茶花を、その花片のこぼれるあたりに遊んでいる童子たちを。――それはたとえば彼が半紙《はんし》などを忘れて学校へ行ったとき、先生に断《ことわ》りをいって急いで自家《うち》へ取りに帰って来る、学校は授業中の、なにか珍らしい午前の路であった。そんなときでもなければ垣間見《かいまみ》ることを許されなかった、聖なる時刻の有様であった。そう思って見て尭は微笑《ほほえ》んだ。

午後になって、日が何時もの角度に傾くと、この考えは尭を悲しくした。稚いときの古ぼけた写真のなかに、残っていた日向《ひなた》のような弱陽《よわび》が物象を照していた。

希望を持てないものが、どうして追憶を慈《いつくし》むことが出来よう。未来に今朝《けさ》のような明るさを覚えたことが近頃の自分にあるだろうか。そして今朝の思いつきも何のことはない、ロシアの貴族のように(午後二時頃の朝餐《ちょうさん》)が生活の習慣になっていたということのいい証拠ではないか。――

彼はまた長い坂を下りて郵便局へ行った。

「今朝の葉書のこと、考えが変ってやめることにしたから、お願いしたこと御中止下さい」

今朝彼は暖い海岸で冬を越すことを想い、そこに住んでいる友人に貸家《かしや》を捜すことを頼んで遣《や》ったのだった。

彼は激しい疲労を感じながら坂を帰るのにあえいだ。午前の日光のなかで静かに影を畳んでいた公孫樹《いちょう》は、一日が経たないうちにもう凩《こがらし》が枝を疎《まば》らにしていた。その落葉が陽《ひ》を喪《うしな》った路の上を明るくしている。彼はそれらの落葉にほのかな愛着を覚えた。

尭は家の横の路まで帰って来た。彼の家からはその勾配《こうばい》のついた路は崖上《がけうえ》になっている。部屋から眺めているいつもの風景は、今彼の眼前で凩に吹き曝《さら》されていた。曇空《くもりぞら》には雲が暗憺《あんたん》と動いていた。そしてその下に尭は、まだ電灯も来ないある家の二階は、もう戸が鎖《とざ》されてあるのを見た。戸の木肌はあらわに外面に向って曝されていた。――ある感動で尭はそこに彳《たたず》んだ。傍《かたわ》らには彼の棲《す》んでいる部屋がある。尭はそれをこれまでついぞ眺めたことのない新らしい感情で眺めはじめた。

電灯も来ないのに早や戸じまりをした一軒の家の二階——戸のあらわな木肌は、不意に尭の心を寄辺《よるべ》のない旅情で染めた。

——食うものも持たない。何処に泊《とま》るあてもない。そして日は暮れかかっているが、この他国の町は早《は》や自分を拒《こば》んでいる。——

それが現実であるかのような暗愁が彼の心を翳《かげ》って行った。またそんな記憶がかつての自分にあったような、一種訝《いぶ》かしい甘美な気持が尭を切なくした。

何ゆえそんな空想が起って来るのか？　何ゆえその空想がかくも自分を悲しませ、また、かくも親しく自分を呼ぶのか？　そんなことが尭には朧《おぼろ》げにわかるように思われた。

肉を炙《あぶ》る香ばしい匂いが夕凍《ゆうじ》みの匂いに混って来た。一日の仕事を終えたらしい大工のような人が、息を吐く微《かすか》な音をさせながら、尭にすれちがってすたすたと坂を登って行った。

「俺の部屋はあすこだ」

尭《たかし》はそう思いながら自分の部屋に目を注いだ。薄暮《はくぼ》に包まれているその姿は、今エーテルのように風景に拡ってゆく虚無に対しては、何の力でもないように眺められた。

「俺が愛した部屋。俺が其処《そこ》に棲むのをよろこんだ部屋。あのなかには俺の一切の所持品が――ふとするとその日その日の生活の感情までが内蔵されているかも知れない。此処から声をかければ、その幽霊があの窓をあけて首を差伸べそうな気さえする。がしかしそれも、脱ぎ棄てた宿屋の褞袍《どてら》がいつしか自分自身の身体をそのなかに髣髴《ほうふつ》させて来る作用と僅かもちがったことはないではないか。あの無感覚な屋根瓦や窓硝子《まどガラス》をこうしてじっと見ていると、俺はだんだん通行人のような心になって来る。あの無感覚な外囲は自殺しかけている人間をそのなかに蔵《かく》しているときもやはりあのとおりにちがいないのだ。――といって、自分は先刻の空想が俺を呼ぶのに従ってこのまま此処を歩み去ることも出来ない。

早く電灯でも来ればよい。あの窓の磨硝子《すりガラス》が黄色い灯を滲《にじ》ませれば、与えられた生命に満足している人間を部屋のなかに、この通行人の心は想像するかも知れない。その幸福を信じる力が起って来るかも知れない」

路に佇《たたず》んでいる堯の耳に階下の柱時計の音がボンボン……と伝わって来た。変なものを聞いた、と思いながら彼の足はとぼとぼと坂を下って行った。

四

街路樹から次には街路から、風が枯葉を掃《は》いてしまったあとは風の音も変って行った。

夜になると街のアスファルトは鉛筆で光らせたように凍《い》てはじめた。そんな夜を尭は自分の静かな町から銀座へ出かけて行った。其処では華々しいクリスマスや歳末の売出しがはじまっていた。

友達か恋人か家族か、鋪道《ほどう》の人はそのほとんどが連れを携《たずさ》えていた。連れのない人間の顔は友達に出会う当《あて》を持っていた。そしてほんとうに連れがなくとも金と健康を持っている人に、この物慾の市場が悪い顔をするはずのものではないのであった。

「何をしに自分は銀座へ来るのだろう」

尭は鋪道が早くも疲労ばかりしか与えなくなりはじめるとよくそう思った。尭はそんなとき何時《いつ》か電車のなかで見たある少女の顔を思い浮べた。

その少女はつつましい微笑を泛《うか》べて彼の座席の前で釣革に下がっていた。どてらのように身体に添っていない着物から「お姉さん」のような首が生《は》えていた。その美しい顔は一と眼で彼女が何病だかを直感させた。陶器のように白い皮膚を翳《かげ》らせている多いうぶ毛。鼻孔のまわりの垢《あか》。

「彼女はきっと病床から脱け出して来たものに相違ない」

少女の面《おも》を絶えず漣漪《さざなみ》のように起っては消える微笑を眺めながら尭はそう思った。彼女が鼻をかむようにして拭きとっているのは何か。灰を落したストーヴのように、そんなとき彼女の顔には一時鮮《あざや》かな血がのぼった。

自身の疲労とともにだんだんいじらしさを増して行くその娘の像を抱きながら、銀座では尭は自分が痰を吐くのに困った。まるでものをいう度《たび》口から蛙が跳び出すグリムお伽噺《とぎばなし》の娘のように。

彼はそんなとき一人の男が痰を吐いたのを見たことがある。不意に貧しい下駄《げた》が出て来てそれをすりつぶした。が、それは足が穿《は》いている下駄ではなかった。路傍に莫蓙《ござ》を敷いてブリキの独楽《こま》を売っている老人が、さすがに怒りを浮べながら、その下駄を莫蓙の端のも一つの上へ重ねるところを彼は見たのである。

「見たか」そんな気持で尭は行き過ぎる人びとを振り返った。が、誰れもそれを見た人はなさそうだった。老人の坐っているところは、それが往来の目に入るにはあまりに近すぎた。それでなくても老人の売っているブリキの独楽はもう田舎《いなか》の駄菓子屋《だがしや》ででも陳腐なものにちがいなかった。尭は一度もその玩具《おもちゃ》が売れたのを見たことがなかった。

「何をしに自分は来たのだ」

彼はそれが自分自身への口実の、珈琲《コーヒー》や牛酪《バター》やパンや筆を買ったあとで、ときには憤怒のようなものを感じながら高価な仏蘭西《フランス》香料を買ったりするのだった。またときには露店が店を畳む時刻まで街角《まちかど》のレストランに腰をかけていた。ストーヴに暖められ、ピアノトリオに浮き立って、グラスが鳴り、流眄《ながしめ》が光り、笑顔が湧き立っているレストランの天井《てんじょう》には、物憂い冬の蠅が幾匹も舞っていた。所在なくそんなものまで見ているのだった。

「何をしに自分は来たのだ」

街へ出ると吹き通る空《から》っ風《かぜ》がもう人足《ひとあし》を疎《まば》らにしていた。宵《よい》のうち人びとが掴まされたビラの類が不思議に街の一と所に吹き溜められていたり、吐いた痰が直ぐに凍り、落ちた下駄の金具にまぎれてしまったりする夜更《よふ》けを、彼は結局は家へ帰らねばならないのだった。

「何をしに自分は来たのだ」

それは彼のなかに残っている古い生活の感興にすぎなかった。やがて自分は来なくなるだろう。尭は重い疲労とともにそれを感じた。

彼が部屋で感覚する夜は、昨夜も一昨夜も恐らくは明晩もない、病院の廊下のように長く続いた夜だった。そこでは古い生活は死のような空気のなかで停止していた。思想は書棚を埋める壁土にしか過ぎなかった。壁にかかった星座早見表は午前三時が十月二十何日に目盛をあわせたまま埃《ほこり》をかぶっていた。夜更けて彼が便所へ通うと、小窓の外の屋根瓦には月光のような霜が置いている。それを見るときにだけ彼の心はほうっと明るむのだった。

固い寝床はそれを離れると午後にはじまる一日が待っていた。傾いた冬の日が窓のそとのまのあたりを幻灯《げんとう》のように写し出している、その毎日であった。そしてその不思議な日射しはだんだんすべてのものが仮象《かしょう》にしか過ぎないということや、仮象であるゆえ精神的な美しさに染められているのだということを露骨にして来るのだった。枇杷《びわ》が花をつけ、遠くの日溜りからは橙《だいだい》の実が目を射った。そして初冬の時雨《しぐれ》はもう霰《あられ》となって軒をはしった。

霰はあとからあとへ黒い屋根瓦を打ってはころころ転《ころが》った。トタン屋根を撲《う》つ音。やつでの葉を弾《はじ》く音。枯草に消える音。やがてサアーというそれが世間に降っている音がきこえ出す。と、白い冬の面紗《ヴェイル》を破って近くの邸《やしき》からは鶴の啼声《なきごえ》が起った。尭の心もそんなときにはなにか新鮮な喜びが感じられるのだった。彼は窓際に倚《よ》って風狂というものが存在した古い時代のことを思った。しかしそれを自分の身に当嵌《あては》めることは尭には出来なかった。

五

何時《いつ》の隙にか冬至《とうじ》が過ぎた。そんな或る日尭《たかし》は長らく寄りつかなかった、以前住んでいた町の質店へ行った。金が来たので冬の外套《がいとう》を出しに出掛けたのだった。が、行ってみるとそれはすでに流れたあとだった。

「××どんあれは何時頃だったけ」

「へい」

暫《しばら》く見ない間にすっかり大人びた小店員が帳簿を繰った。

尭はその口上《こうじょう》が割合すらすら出て来る番頭の顔が変に見え出した。ある瞬間には彼が非常な言い憎さを押隠していっているように見え、ある瞬間にはいかにも平気にいっているように見えた。彼は人の表情を読むのにこれほど戸惑《とまど》ったことはないと思った。いつもは好意のある世間話をしてくれる番頭だった。

尭は番頭の言葉によって幾度も彼が質店から郵便を受けていたのをはじめて現実に思い出した。硫酸に侵されているような気持の底で、そんなことをこの番頭に聞かしたらというような苦笑も感じながら、彼もやはり番頭のような無関心を顔に装《よそお》って一通りそれと一緒に処分されたものを聞くと、彼はその店を出た。

一匹の痩せ衰えた犬が、霜解《しもどけ》の路ばたで醜い腰つきを慄《ふる》わせながら、糞をしようとしていた。尭はなにか露悪的な気持にじりじり迫られるのを感じながら、嫌悪に堪《た》えたその犬の身体つきを終るまで見ていた。長い帰りの電車のなかでも、彼はしじゅう崩壊に屈しようとする自分を堪えていた。そして電車を降りてみると、家を出るとき持って出たはずの洋傘は——彼は持っていなかった。

あてもなく電車を追おうとする眼を彼は反射的にそらせた。重い疲労を引摺《ひきず》りながら、夕方の道を帰って来た。その日町へ出るとき赤いものを吐いた、それが路ばたの槿《むくげ》の根方《かた》にまだひっかかっていた。尭には微《かす》かな身慄《みぶる》いが感じられた。——吐いたときには悪いことをしたとしか思わなかったその赤い色に。——

夕方の発熱時が来ていた。冷い汗が気味悪く腋《わき》の下を伝わった。彼は袴《はかま》も脱がぬ外出姿のまま凝然《ぎょうぜん》と部屋に坐っていた。

突然匕首《あいくち》のような悲しみが彼に触れた。次から次へ愛するものを失って行った母の、時どきするとぼけたような表情を思い浮べると、彼は静かに泣きはじめた。

夕餉《ゆうげ》をしたために階下へ下りる頃は、彼の心はもはや冷静に帰っていた。そこへ友達の折田というのが訪《たず》ねて来た。食慾はなかった。彼は直ぐ二階へあがった。

折田は壁にかかっていた、星座表を下ろして来て頻《しき》りに目盛を動かしていた。

「よう」

折田はそれには答えず、

「どうだ。雄大じゃあないか」

それから顔をあげようとしなかった。尭はふと息を嚥《の》んだ。彼にはそれが如何《いか》に壮大な眺めであるかが信じられた。

「休暇になったから郷里へ帰ろうと思ってやって来た」

「もう休暇かね。俺はこんどは帰らないよ」

「どうして」

「帰りたくない」

「うちからは」

「うちへは帰らないと手紙出した」

「旅行でもするのか」

「いや、そうじゃない」

折田はぎろと尭の目を見返したまま、もうその先を訊《き》かなかった。が、友達の噂《うわさ》、学校の話、久濶《きゅうかつ》の話は次第に出て来た。

「この頃学校じゃあ講堂の焼跡を毀《こわ》してるんだ。それがね、労働者が鶴嘴《つるはし》を持って焼跡の煉瓦壁へ登って……」

その現に自分の乗っている煉瓦壁へ鶴嘴を揮《ふる》っている労働者の姿を、折田は身振りをまぜて描き出した。

「あと一と銜《つ》きというところまでは、その上にいて鶴嘴をあてている。それから安全なところへ移って一つがんとやるんだ。すると大きい奴がどうんと落ちて来る」

「ふうん。なかなか面白い」

「面白いよ。それで大変な人気だ」

尭らは話をしているといくらでも茶を飲んだ。が、へいぜい自分の使っている茶碗で頻《しき》りに茶を飲む折田を見ると、その度《たび》彼は心が話からそれる。その拘泥がだんだん重く尭にのしかかって来た。

「君は肺病の茶碗を使うのが平気なのかい。咳をする度にバイキンはたくさん飛んでいるし。——平気なんだったら衛生の観念が乏しいんだし、友達甲斐にこらえているんだったら子供みたいな感傷主義に過ぎないと思うな——僕はそう思う」

いってしまって尭は、なぜこんないやなことをいったのかと思った。折田は目を一度ぎろとさせたまま黙っていた。

「しばらく誰れも来なかったかい」

「しばらく誰れも来なかった」

「来ないとひがむかい」

こんどは尭が黙った。が、そんな言葉で話し合うのが尭にはなぜか快かった。

「ひがみはしない。しかし俺もこの頃は考え方が少しちがって来た」

「そうか」

尭はその日の出来事を折田に話した。

「俺はそんなときどうしても冷静になれない。冷静というものは無感動じゃなくて、俺にとっては感動だ。苦痛だ。しかし俺の生きる道は、その冷静で自分の肉体や自分の生活が滅びてゆくのを見ていることだ」

「…………」

「自分の生活が壊れてしまえば本当の冷静は来ると思う。水底《みなそこ》の岩に落ちつく木の葉《こ は》かな……」

「丈草《じょうそう》だね。……そうか、しばらく来なかったな」

「そんなこと。……しかしこんな考えは孤独にするな」

「俺は君がそのうちに転地でもするような気になるといいと思うな。正月には帰れといって来ても帰らないつもりか」

「帰らないつもりだ」

珍らしく風のない静かな晩だった。そんな夜は火事もなかった。二人が話をしていると、戸外《こがい》には時どき小さい呼子《よぶこ》のような声のものが鳴いた。

十一時になって折田は帰って行った。帰るきわに彼は紙入《かみいれ》のなかから乗車割引券を二枚、

「学校へとりにゆくのも面倒だろうから」といって尭《たかし》に渡した。

六

母から手紙が来た。

——お前にはなにか変ったことがあるにちがいない。それで正月上京なさる津枝《つえ》さんにお前を見舞って頂くことにした。そのつもりでいなさい。

帰らないというから春着《はるぎ》を送りました。今年は胴着《どうぎ》を作って入れておいたが、胴着は着物と襦袢《じゅばん》の間に着るものです。じかに着てはいけません。——

津枝というのは母の先生の子息で今は大学を出て医者をしていた。が、かつて尭にはその人に兄のような思慕を持っていた時代があった。

尭は近くへ散歩に出ると、近頃は殊に母の幻覚に出会った。母だ！　と思ってそれが見も知らぬ人の顔であるとき、彼はよく変なことを思った。——すうっと変ったようだった。また母がもう彼の部屋へ来て坐りこんでいる姿が目にちらつき、家へ引返したりした。が、来たのは手紙だった。そして来るべき人は津枝だった。尭の幻覚はやんだ。

街を歩くと尭は自分が敏感な水準器になってしまったのを感じた。彼はだんだん呼吸が切迫して来る自分に気がつく。そして振返って見るとその道は彼が知らなかったほどの傾斜をしているのだった。彼は立ち停《どま》ると激しく肩で息をした。ある切ない塊《かたまり》が胸を下ってゆくまでには、必ずどうすればいいのかわからない息苦しさを一度経なければならなかった。それが鎮《しず》まると尭はまた歩き出した。

何が彼を駆《か》るのか。それは遠い地平へ落ちて行く太陽の姿だった。

彼の一日は低地を距《へだ》てた灰色の洋風の木造家屋に、どの日もどの日も消えてゆく冬の日に、もう堪えきることが出来なくなった。窓の外の風景が次第に蒼《あお》ざめた空気のなかへ没してゆくとき、それが既にただの日蔭ではなく、夜と名づけられた日蔭だという自覚に、彼の心は不思議ないらだちを覚えて来るのだった。

「あゝあ大きな落日が見たい」

彼は家を出て遠い展望のきく場所を捜した。歳暮の町には餅搗《もちつ》きの音が起っていた。花屋の前には梅と福寿草《ふくじゅそう》をあしらった植木鉢が並んでいた。そんな風俗画は、町がどこをどう帰っていいかわからなくなりはじめるにつれて、だんだん美しくなった。自分のまだ一度も踏まなかった路――其処《そこ》では米を磨《と》いでいる女も喧嘩をしている子供も彼を立ち停まらせた。が、見晴らしはどこへ行っても、大きな屋根の影絵があり、夕焼空に澄んだ梢《こずえ》があった。その度、遠い地平へ落ちてゆく太陽の隠された姿が切ない彼の心に写った。

日の光に満ちた空気は地上を僅かも距《へだた》っていなかった。彼の満たされない願望は、ときに高い屋根の上へのぼり、空へ手を伸《のば》している男を想像した。男の指の先はその空気に触れている。——また彼は水素を充《みた》した石鹸玉《シャボンだま》が、蒼ざめた人と街とを昇天させながら、その空気のなかへパッと七彩《なないろ》に浮び上る瞬間を想像した。

青く澄み透った空では浮雲が次から次へ美しく燃えていった。みたされない堯の心の燠《おき》にも、やがてその火は燃えうつった。

「こんなに美しいときが、なぜこんなに短いのだろう」

彼はそんなときほどはかない気のするときはなかった。燃えた雲はまた次つぎに死灰《しかい》になりはじめた。彼の足はもう進まなかった。

「あの空を涵《ひた》してゆく影は地球のどの辺の影になるかしら。あすこの雲へゆかないかぎり今日ももう日は見られない」

にわかに重い疲れが彼に凭《よ》りかかる。知らない町の知らない町角で、堯の心はもう再び明るくはならなかった。

——『青空』一九二七年二月・四月——

筧《かけひ》の話

私は散歩に出るのに二つの路を持っていた。一つは渓《たに》に沿った街道で、もう一つは街道の傍から渓に懸った吊橋《つりばし》を渡って入ってゆく山径《やまみち》だった。街道は展望を持っていたがそんな道の性質として気が散りやすかった。それに比べて山径の方は陰気ではあったが心を静かにした。どちらへ出るかはその日その日の気持が決めた。

しかし、いま私の話は静かな山径の方をえらばなければならない。

吊橋を渡ったところから径《みち》は杉林のなかへ入ってゆく。杉の梢《こずえ》が日を遮《さえぎ》り、この径にはいつも冷たい湿っぽさがあった。ゴチック建築のなかを辿《たど》ってゆくときのような、犇々《ひしひし》と迫って来る静寂と孤独とが感じられた。私の眼はひとりでに下へ落ちた。径の傍《かたわ》らには種々の実生《みしょう》や蘚苔《せんたい》、羊歯《しだ》の類がはえていた。この径ではそういった矮小《わいしょう》な自然がなんとなく親しく――彼らが陰湿な会話をはじめるお伽噺《とぎばなし》のなかでのように、眺められた。また径の縁《へり》には赤土の露出が雨滴にたたかれて、ちょうど風化作用に骨立った岩石そっくりの恰好《かっこう》になっているところがあった。その削り立った峰の頂《いただき》にはみな一つずつ小石が載っかっていた。ここへは、しかし、日が全く射して来ないのではなかった。梢の隙間《すきま》を洩れて来る日光が、径のそこここや杉の幹へ、蠟燭で照らしたような弱い日なたを作っていた。歩いてゆく私の頭の影や肩先の影がそんななかへ現われては消えた。

なかには「まさかこれまでが」と思うほど淡いのが草の葉などに染まっていた。試しに杖をあげて見るとささくれまでがはっきりと写った。

この径を知ってから間もなくの頃、ある期待のために心を緊張させながら、私はこの静けさのなかを殊にしばしば歩いた。私が目ざしてゆくのは杉林の間からいつも氷室《ひむろ》から来るような冷気が径へ通っているところだった。一本の古びた筧《かけひ》がその奥の小暗《おぐら》いなかからおりて来ていた。耳を澄まして聴くと、幽《かす》かなせせらぎの音がそのなかにきこえた。私の期待はその水音だった。

どうした訳で私の心がそんなものに惹《ひ》きつけられるのか。心がわけても静かだったある日、それを聞き澄ましていた私の耳がふとそのなかに不思議な魅惑がこもっているのを知ったのである。その後追々《おいおい》に気づいて行ったことなのであるが、この美しい水音を聴いていると、その辺《あた》りの風景のなかに変な錯誤が感じられて来るのであった。香《かおり》もなく花も貧しいのぎ蘭《らん》がそのところどころに生《は》えているばかりで、杉の根方《ねかた》はどこも暗く湿っぽかった。そして筧といえばやはりあたりと一帯の古び朽ちたものをその間に横《よこた》えているに過ぎないのだった。「そのなかからだ」と私の理性が信じていても、澄み透った水音にしばらく耳を傾けていると、聴覚と視覚との統一はすぐばらばらになってしまって、変な錯誤の感じとともに、訝《いぶ》かしい魅惑が私の心を充《み》たして来るのだった。

私はそれによく似た感情を、露草の青い花を眼にするとき経験することがある。草叢《くさむら》の緑とまぎれやすいその青は不思議な惑《まど》わしを持っている。私はそれを、露草の花が青空や海と共通の色を持っているところから起る一種の錯覚だと快く信じているのであるが、見えない水音の醸《かも》し出す魅惑はそれにどこか似通っていた。

すばしこく枝移りする小鳥のような不定さは私をいらだたせた。蜃気楼《しんきろう》のようなはかなさは私を切なくした。そして深秘《しんぴ》はだんだん深まってゆくのだった。私に課せられている暗鬱な周囲のなかで、やがてそれは幻聴のように鳴りはじめた。束の間《つかのま》の閃光《せんこう》が私の生命を輝かす。そのたび私はあっあっと思った。それは、しかし、無限の生命に眩惑されるためではなかった。私は深い絶望をまのあたりに見なければならなかったのである。何という錯誤だろう！　私は物体が二つに見える酔っ払いのように、同じ現実から二つの表象を見なければならなかったのだ。しかもその一方は理想の光に輝かされ、もう一方は暗黒な絶望を背負っていた。そしてそれらは私がはっきりと見ようとする途端《とたん》一つに重なって、またもとの退屈な現実に帰ってしまうのだった。

筧は雨がしばらく降らないと水が涸《か》れてしまう。また私の耳も日によってはまるっきり無感覚のことがあった。そして花の盛りが過ぎてゆくのと同じように、何時《いつ》の頃からか筧にはその深秘がなくなってしまい、私ももうその傍に佇《たたず》むことをしなくなった。しかし私はこの山径を散歩しそこを通りかかる度《たび》に自分の宿命について次のようなことを考えないではいられなかった。

「課せられているのは永遠の退屈だ。生の幻影は絶望と重なっている」

――『近代風景』一九二八年四月――

冬の蠅

冬の蠅とは何か？

よぼよぼと歩いている蠅。指を近づけても逃げない蠅。そして飛べないのかと思っているとやはり飛ぶ蠅。彼らは一体何処《どこ》で夏頃の不逞《ふてい》さや憎々しいほどのすばしこさを失って来るのだろう。色は不鮮明に黝《くろず》んで、翅体《したい》は萎縮している。汚い臓物で張り切っていた腹は紙撚《こより》のように痩せ細っている。そんな彼らがわれわれの気もつかないような夜具の上などを、いじけ衰えた姿で匍《は》っているのである。

冬から早春にかけて、人は一度ならずそんな蠅を見たにちがいない。それが冬の蠅である。私はいま、この冬私の部屋に棲《す》んでいた彼らから一篇の小説を書こうとしている。

1

冬が来て私は日光浴をやりはじめた。渓間《たにま》の温泉宿なので日が翳《かげ》りやすい。渓《たに》の風景は朝遅くまでは日影のなかに澄んでいる。やっと十時頃渓向うの山に堰《せ》きとめられていた日光が閃々《せんせん》と私の窓を射はじめる。窓を開けて仰ぐと、渓の空は虻《あぶ》や蜂の光点が忙がしく飛び交《か》っている。白く輝いた蜘蛛《くも》の糸が弓形に膨《ふく》らんで幾条《いくすじ》も幾条も流れてゆく。（その糸の上には、何という小さな天女！　蜘蛛が乗っているのである。彼らはそうして自分らの身体を渓のこちら岸からあちら岸へ運ぶものらしい。）昆虫。昆虫。初冬といっても彼らの活動は空に織るようである。日光が樫《かし》の梢《こずえ》に染まりはじめる。するとその梢からは白い水蒸気のようなものが立ち騰《のぼ》る。霜が溶けるのだろうか。溶けた霜が蒸発するのだろうか。いや、それも昆虫である。微粒子のような羽虫《はむし》がそんな風に群《むら》がっている。そこへ日が当ったのである。

私は開け放った窓のなかで半裸体の自体を晒《さら》しながら、そうした内湾《うちうみ》のように賑《にぎ》やかな渓の空を眺めている。すると彼らがやって来るのである。彼らのやって来るのは私の部屋の天井からである。日蔭ではよぼよぼとしている彼らは日なたのなかへ下りて来るやよみがえったように活気づく。私の脛《すね》へひやりととまったり、両脚《りょうあし》を挙げて腋《わき》の下を搔くような模《ま》ねをしたり手を摩《す》りあわせたり、かと思うと弱々しく飛び立っては絡《から》み合ったりするのである。そうした彼らを見ていると彼らがどんなに日光を怡《たの》しんでいるかが憐れなほど理解される。とにかく彼らが嬉戯《きぎ》するような表情をするのは日なたのなかばかりである。それに彼らは窓が明いている間は日なたのなかから一歩も出ようとはしない。日が翳るまで、移ってゆく日なたのなかで遊んでいるのである。虻や蜂があんなにも潑剌《はつらつ》と飛び廻っている外気のなかへも決して飛び立とうとはせず、なぜか病人である私を模ねている。しかし何という「生きんとする意志」であろう！　彼らは日光のなかで交尾することを忘れない。恐らく枯死からはそう遠くない彼らが！

日光浴をするとき私の傍《かたわ》らに彼らを見るのは私の日課のようになってしまっていた。私は微《かす》かな好奇心と一種馴染《なじみ》の気持から彼らを殺したりはしなかった。また夏の頃のように猛々《たけだけ》しい蠅捕り蜘蛛がやって来るのでもなかった。そうした外敵からは彼らは安全であったといえるのである。しかし毎日大抵二匹ずつほどの彼らがなくなって行った。それはほかでもない。牛乳の罎《びん》である。私は自分の飲みっ放しを日なたのなかへ置いておく。すると毎日決ったようにそのなかへはいって出られない奴が出来た。罎の内側を身体に附着した牛乳を引き摺《ず》りながらのぼって来るのであるが、力のない彼らはどうしても中途で落ちてしまう。私は時どきそれを眺めていたりしたが、こちらが「もう落ちる時分だ」と思う頃、蠅も「ああ、もう落ちそうだ」という風に動かなくなる。そして案の定落ちてしまう。それは見ていて決して残酷でなくはなかった。しかしそれを助けてやるというような気持は私の倦怠《アンニュイ》からは起って来ない。彼らはそのまま女中が下げてゆく。蓋《ふた》をしておいてやるという注意もなおのこと出来ない。翌日になるとまた一匹ずつはいって同じことを繰り返していた。

「蠅と日光浴をしている男」いま諸君の目にはそうした表象が浮んでいるにちがいない。日光浴を書いたついでに私はもう一つの表象「日光浴をしながら太陽を憎んでいる男」を書いてゆこう。

　私の滞在はこの冬で二《ふ》た冬目であった。私は好んでこんな山間にやって来ている訳ではなかった。私は早く都会へ帰りたい。帰りたいと思いながら二た冬もいてしまったのである。何時《いつ》まで経《た》っても私の「疲労」は私を解放しなかった。私が都会を想い浮べるごとに私の「疲労」は絶望に満ちた街々を描き出す。それは何時になっても変改《へんがい》されない。そしてはじめ心に決めていた都会へ帰る日取りは夙《と》うの昔に過ぎ去ったまま、いまはその影も形もなくなっていたのである。私は日を浴びていても、否、日を浴びるときは殊に、太陽を憎むことばかり考えていた。結局は私を生かさないであろう太陽。しかもうっとりとした生の幻影で私を瞞《だま》そうとする太陽。おお、私の太陽。私はだらしのない愛情のように太陽が癪《しゃく》に触《さわ》った。裘《けごろも》のようなものは反対に、緊迫衣《ストレート・ジャケット》のように私を圧迫した。狂人のような悶《もだ》えでそれを引き裂き、私を殺すであろう酷寒のなかの自由をひたすらに私は欲した。

　こうした感情は日光浴の際身体の受ける生理的な変化――旺《さか》んになって来る血行や、それに随って鈍麻してゆく頭脳や――そういったもののなかに確かにその原因を持っている。鋭い悲哀を和《やわ》らげ、ほかほかと心を怡《たの》します快感は、同時に重っ苦しい不快感である。この不快感は日光浴の済んだあとなんともいえない虚無的な疲れで病人を打ち敗かしてしまう。恐らくそれへの嫌悪から私のそうした憎悪も胚胎《はいたい》したのかも知れないのである。

しかし私の憎悪はそればかりではなく、太陽が風景へ与える効果——眼からの効果——の上にも形成されていた。

私が最後に都会にいた頃——それは冬至《とうじ》に間もない頃であったが——私は毎日自分の窓の風景から消えてゆく日影に限りない愛惜を持っていた。私は墨汁のようにこみあげて来る悔恨といらだたしさの感情で、風景を埋めてゆく影を眺めていた。そして落日を見ようとする切なさに駆《か》られながら、見透しのつかない街を慌《あわ》てふためいてうろうろしたのである。今の私にはもうそんな愛惜はなかった。私は日の当った風景の象徴する幸福な感情を否定するのではない。その幸福は今や私を傷《きずつ》ける。私はそれを憎むのである。

渓《たに》の向う側には杉林が山腹を蔽《おお》っている。私は太陽光線の偽瞞《ぎまん》をいつもその杉林で感じた。昼間日が当っているときそれはただ雑然とした杉の秀《ほ》の堆積《たいせき》としか見えなかった。それが夕方になり光が空からの反射光線に変るとはっきりした遠近にわかれて来るのだった。一本一本の木が犯しがたい威厳をあらわして来、しんしんと立ち並び、立ち静まって来るのである。そして昼間は感じられなかった地域が彼処《かしこ》に此処《ここ》に杉の秀並《ほな》みの間へ想像されるようになる。渓側にはまた樫《かし》や椎《しい》の常緑樹に交《まじ》って一本の落葉樹が裸の枝に朱色の実を垂れて立っていた。その色は昼間は白く粉を吹いたように疲れている。それが夕方になると眼が吸いつくばかりの鮮やかさに冴《さ》える。元来一つの物に一つの色彩が固有しているという訳のものではない。だから私はそれをも偽瞞というのではない。しかし直射光線には偏頗《へんぱ》があり、一つの物象の色をその周囲の色との正しい階調から破ってしまうのである。それればかりではない。全反射がある。日蔭は日表《ひなた》との対照で闇のようになってしまう。なんという雑多な溷濁《こんだく》だろう。そしてすべてそうしたことが日の当った風景を作りあげているのである。そこには感情の弛緩《しかん》があり、神経の鈍麻があり、理性の偽瞞がある。これがその象徴する幸福の内容である。恐らく世間における幸福がそれらを条件としているように。

私は以前とは反対に渓間《たにま》を冷たく沈ませてゆく夕方を――僅かの時間しか地上に駐《とど》まらない黄昏《たそがれ》の厳《おごそ》かな掟《おきて》を――待つようになった。それは日が地上を去って行ったあと、路の上の潦《みずたまり》を白く光らせながら空から下りて来る反射光線である。たとえ人はそのなかで幸福ではないにしても、そこには私の眼を澄ませ心を透《す》き徹《とお》らせる風景があった。

「平俗な日なた奴《め》！　早く消えろ。いくら貴様が風景に愛情を与え、冬の蠅を活気づけても、俺を愚昧化《ぐまいか》することだけは出来ぬわい。俺は貴様の弟子の外光派に唾《つば》をひっかける。俺は今度会ったら医者に抗議を申し込んでやる」

日に当りながら私の憎悪はだんだんたかまってゆく。しかしなんという「生きんとする意志」であろう。日なたのなかの彼らは永久に彼らの怡《たの》しみを見棄てない。壜のなかの奴も永久に登っては落ち、登っては落ちている。

やがて日が翳《かげ》りはじめる。高い椎《しい》の樹《き》へ隠れるのである。直射光線が気疎《けうと》い回折《かいせつ》光線にうつろいはじめる。彼らの影も私の脛《すね》の影も不思議な鮮やかさを帯びて来る。そして私は褞袍《どてら》をまとって硝子窓《ガラスまど》を閉《とざ》しかかるのであった。

午後になると私は読書をすることにしていた。彼らはまたそこへやって来た。彼らは私の読んでいる本へ纏《まと》わりついて、私のはぐる頁のためにいつも身体を挟み込まれた。それほど彼らは逃げ足が遅い。逃げ足が遅いだけならまだしも、僅かな紙の重みの下で、あたかも梁《はり》に押えられたように、仰向《あおむ》けになったりして藻掻《もが》かなければならないのだった。私には彼らを殺す意志がなかった。それでそんなとき——殊に食事のときなどは、彼らの足弱《あしよわ》がかえって迷惑になった。食膳のものへとまりに来るときは追う箸《はし》をことさら緩《ゆ》っくり動かさなくてはならない。さもないと箸の先で汚ならしくも潰《つぶ》れてしまわないとも限らないのである。しかしそれでもまだそれに弾《は》ねられて汁のなかへ落ち込んだりするのがいた。

最後に彼らを見るのは夜、私が寝床へはいるときであった。彼らはみな天井に貼りついていた。凝《じ》っと、死んだように貼りついていた。——一体脾弱《ひよわ》な彼らは日光のなかで戯《たわむ》れているときでさえ、死んだ蠅が生き返って来て遊んでいるような感じがあった。死んでから幾日も経ち、内臓なども乾きついてしまった蠅がよく埃《ほこり》にまみれて転《ころが》っていることがあるが、そんな奴がまたのこのこと生き返って来て遊んでいる。いや、事実そんなことがあるのではなかろうか、といった想像も彼らのみてくれからは充分に許すことが出来るほどであった。そんな彼らが今や凝《じ》っと天井にとまっている。それはほんとうに死んだようである。

そうした、錯覚に似た彼らを眠るまえ枕の上から眺めていると、私の胸へはいつも廓《かく》寥《りょう》とした深夜の気配が沁《し》みて来た。冬ざれた渓間の旅館は私のほかに宿泊人のない夜がある。そんな部屋はみな電灯が消されている。そして夜が更《ふ》けるにしたがってなんとなく廃墟に宿っているような心持を誘うのである。私の眼はその荒れ寂《さ》びた空想のなかに恐ろしいまでに鮮やかな一つの場面を思い浮べる。それは夜深く海の香をたてながら、澄み透った湯を溢れさせている渓傍《たにぎわ》の浴槽である。そしてその情景はますます私に廃墟の気持を募《つの》らせて行く。——天井の彼らを眺めていると私の心はそうした深夜を感じる。深夜のなかへ心が拡がってゆく。そしてそのなかのただ一つの起きている部屋である私の部屋。——天井に彼らのとまっている、死んだように凝っととまっている私の部屋が、孤独な感情とともに私に帰って来る。

火鉢の火は衰えはじめて、硝子窓を潤《うる》おしていた湯気はだんだん上から消えて来る。私はそのなかから魚のはらご似た憂鬱な紋々があらわれて来るのを見る。それは最初の冬、やはりこうして消えて行った水蒸気が何時《いつ》の間《ま》にかそんな紋々を作ってしまったのである。床《とこ》の間《ま》の隅《すみ》には薄《うす》うく埃《ほこり》をかむった薬壜が何本も空になっている。何という倦怠、なんという因循《いんじゅん》だろう。私の病鬱は、恐らくよその部屋には棲《す》んでいない、冬の蠅をさえ棲ませているではないか。何時になったら一体こうしたことにLand《けり》がつくのか。

心がそんなことにひっかかると私は何時も不眠を殃《わざわ》いされた。眠れなくなると私は軍艦の進水式を想い浮べる。その次には小倉《おぐら》百人一首を一首ずつ思い出してはそれの意味を考える。そして最後には考え得られる限りの残虐な自殺の方法を空想し、その積み重ねによって眠りを誘おうとする。がらんとした渓間の旅館の一室で。天井に彼らの貼《は》りついている、死んだように凝っと貼りついている一室で。――

2

その日はよく晴れた温かい日であった。午後私は村の郵便局へ手紙を出しに行った。私は疲れていた。それから渓《たに》へ下りてまだ三、四丁も歩かなければならない私の宿へ帰るのがいかにも億劫《おっくう》であった。そこへ一台の乗合自動車が通りかかった。それを見ると私は不意に手を挙げた。そしてそれに乗り込んでしまったのである。

その自動車は村の街道を通る同族のなかでも一種目《め》だった特徴で自分を語っていた。暗い幌《ほろ》のなかの乗客の眼がみな一様に前方を見詰めていることや、泥除《どろよ》け、それからステップの上へまで溢れた荷物を麻縄が車体へ縛りつけている恰好《かっこう》や――そんな一種の物々しい特徴で、彼らが今から上り三里下り三里の峠を踰《こ》えて半島の南端の港へ十一里の道をゆく自動車であることが一目で知れるのであった。私はそれへ乗ってしまったのである。それにしてはなんという不似合《ふにあい》な客であったろう。私はただ村の郵便局まで来て疲れたというばかりの人間に過ぎないのだった。

日はもう傾いていた。私には何の感想もなかった。ただ私の疲労をまぎらしてゆく快い自動車の動揺ばかりがあった。村の人が背負い網を負って山から帰って来る頃で、見知った顔が何度も自動車を避《よ》けた。その度私はだんだん「意志の中ぶらり」に興味を覚えて来た。そして、それはまたそれで、私の疲労をなにか変った他のものに変えてゆくのだった。やがてその村人にも会わなくなった。自然林が廻った。落日があらわれた。渓の音が遠くなった。年古《としふ》りた杉の柱廊が続いた。冷い山気が沁みて来た。魔女の跨《また》った箒《ほうき》のように、自動車は私を高い空へ運んだ。一体何処《どこ》までゆこうとするのだろう。峠の隧道《トンネル》を出るともう半島の南である。私の村へ帰るにも次の温泉へゆくにも三里の下り道である。そこへ来たとき、私はやっと自動車を止めた。そして薄暮の山の中へ下りてしまったのである。何のために？　それは私の疲労が知っている。私は腑甲斐《ふがい》ない一人の私を、人里離れた山中へ遺棄してしまったことに、気味のいい嘲笑を感じていた。

樫鳥《かしどり》が何度も身近から飛び出して私を愕《おど》ろかした。道は小暗《おぐら》い谿襞《たにひだ》を廻って、何処まで行っても展望がひらけなかった。このままで日が暮れてしまってはと、私の心は心細さで一杯であった。幾たびも飛び出す樫鳥は、そんな私を、近くで見る大きな姿で脅《おびや》かしながら、葉の落ちた欅《けやき》や楢《なら》の枝を匍《は》うように渡って行った。

最後にとうとう谿《たに》が姿をあらわした。杉の秀《ほ》が細胞のように密生している遥かな谿！　何というそれは巨大な谿だったろう。遠靄《とおもや》のなかには音もきこえない水も動かない滝が小さく小さく懸っていた。眩暈《めまい》を感じさせるような谿底には丸太を組んだ橇道《そりみち》が寒ざむと白く匍《は》っていた。日は谿向うの尾根《おね》へ沈んだところであった。水を打ったような静けさがいまこの谿を領していた。何も動かず何もきこえないのである。その静けさはひょっと夢かと思うような谿の眺めになおさら夢のような感じを与えていた。

「此処でこのまま日の暮れるまで坐っているということは、何という豪奢な心細さだろう」と私は思った。「宿では夕飯の用意が何も知らずに待っている。そして俺は今夜はどうなるかわからない」

　私は私の置き去りにして来た憂鬱な部屋を思い浮べた。そこでは私は夕餉《ゆうげ》の時分極《きま》って発熱に苦しむのである。私は着物ぐるみ寝床へ這入《はい》っている。それでもまだ寒い。悪寒《おかん》に慄《ふる》えながら、私の頭は何度も浴槽を想像する。「あすこへ漬《つか》ったらどんなに気持いいことだろう」そして私は階段を下り浴槽の方へ歩いてゆく私自身になる。しかしその想像のなかでは私は決して自分の衣服を脱がない。着物ぐるみそのなかへはいってしまうのである。私の身体には、そして、支えがない。私はぶくぶくと沈んでしまい、浴槽の底へ溺死体のように横《よこた》わってしまう。いつもきまってその想像である。そして私は寝床のなかで満潮のように悪寒が退《ひ》いてゆくのを待っている。——

　あたりはだんだん暗くなって来た。日の落ちたあとの水のような光りを残して、冴《さ》えざえとした星が澄んだ空にあらわれて来た。凍《こご》えた指の間の煙草の火が夕闇のなかで色づいて来た。その火の色は曠漠とした周囲のなかでいかにも孤独であった。その火を措《お》いて一点の灯火も見えずにこの谿は暮れてしまおうとしているのである。寒さはだんだん私の身体へ匍《は》い込んで来た。平常外気の冒《おか》さない奥の方まで冷え入って、懐《ふとこ》ろ手《で》をしてもなんの役にも立たない位になって来た。しかし私は闇と寒気がようやく私を勇気づけて来たのを感じた。私は何時《いつ》の間《ま》にかこれから三里の道を歩いて次の温泉までゆくことに自分を予定していた。犇々《ひしひし》と迫って来る絶望に似たものはだんだん私の心に残酷な欲望を募らせて行った。疲労または倦怠《アンニュイ》が一たんそうしたものに変ったが最後、いつも私は終りまでその犠牲になり通さなければならないのだった。あたりがとっぷり暮れ、私がやっとそこを立ち上ったとき、私はあたりにまだ光りがあったときとは全く異った感情で私自身を艤装《ぎそう》していた。

私は山の凍《い》てついた空気のなかを闇をわけて歩き出した。身体はすこしも温かくもならなかった。時どきそれでも私の頬《ほお》を軽くなでてゆく空気が感じられた。はじめ私はそれを発熱のためか、それとも極端な寒さのなかで起る身体の変調かと思っていた。しかし歩いてゆくうちに、それは昼間の日のほとぼりがまだ斑《まだ》らに道に残っているためであるらしいことがわかって来た。すると私には凍った闇のなかに昼の日射しがありありと見えるように思えはじめた。一つの灯火も見えない闇というものも私には変な気を起させた。それは灯《ひ》がついたということで、もしくは灯の光りの下で、文明的な私たちははじめて夜を理解するものであるということを信ぜしめるに充分であった。真暗な闇にもかかわらず私はそれが昼間と同じであるような感じを抱いた。星の光っている空は真青であった。道を見分けてゆく方法は昼間の方法と何の変ったこともなかった。道を染めている昼間のほとぼりはなおさらその感じを強くした。

突然私の後ろから風のような音が起った。さっと流れて来る光のなかへ道の上の小石が歯のような影を立てた。一台の自動車が、それを避けている私には一顧の注意も払わずに走り過ぎて行った。しばらく私はぼんやりしていた。自動車はやがて谿襞《たにひだ》を廻った向うの道へ姿をあらわした。しかしそれは自動車が走っているというより、ヘッドライトをつけた大きな闇が前へ前へ押し寄せてゆくかのように見えるのであった。それが夢のように消えてしまうとまたあたりは寒い闇に包まれ、空腹した私が暗い情熱に溢れて道を踏んでいた。

「何という苦《にが》い絶望した風景であろう。私は私の運命そのままの四囲のなかに歩いている。これは私の心そのままの姿であり、ここにいて私は日なたのなかで感じるような何らの偽瞞をも感じない。私の神経は暗い行手に向って張り切り、今や決然とした意志を感じる。なんというそれは気持のいいことだろう。定罰のような闇、膚《はだ》を劈《つんざ》く酷寒。そのなかでこそ私の疲労は快く緊張し新しい戦慄を感じることが出来る。歩け。歩け。へたばるまで歩け」

私は残酷な調子で自分を鞭打《むちう》った。歩け。歩け。歩き殺してしまえ。

その夜晩《おそ》く私は半島の南端、港の船着場《ふなつきば》を前にして疲れ切った私の身体を立たせていた。私は酒を飲んでいた。しかし心は沈んだままますこしも酔っていなかった。

強い潮の香《か》に混って、瀝青《れきせい》や油の匂いが濃くそのあたりを立て罩《こ》めていた。もやい綱《づな》が船の寝息のようにきしり、それを眠りつかせるように、静かな波のぽちゃぽちゃと舷側を叩《たた》く音が、水面にきこえていた。

「××さんはいないかよう!」

静かな空気を破って媚《なま》めいた女の声が先ほどから岸で呼んでいた。ぼんやりした灯《あか》りを睡《ね》むそうに提《さ》げている百噸《トン》あまりの汽船のともの方から、見えない声が不明瞭になにか答えている。それは重々しいバスである。

「いないのかよう。××さんは」

それはこの港に船の男を相手に媚《こび》を売っている女らしく思える。私はその返事のバスに人ごとながら聴耳《ききみみ》をたてたが、あいかわらず曖昧な言葉が同じように鈍い調子で響くばかりで、やがて女はあきらめた様子でいなくなってしまった。

私は静かな眠った港を前にしながら変転に富んだその夜を回想していた。三里はとっくに歩いたと思っているのにいくらしてもおしまいにならなかった山道や、谿《たに》のなかに発電所が見えはじめ、しばらくすると谿の底を提灯《ちょうちん》が二つ三つ閑《のど》かな夜の挨拶をしながらもつれて行くのが見え、私はそれが大方《おおかた》村の人が温泉へはいりにゆく灯《ひ》で、温泉はもう真近にちがいないと思い込み、元気を出したのに見事当《あて》がはずれたことや、やっと温泉に着いて凍《こご》え疲れた四肢を村人の混み合っている共同湯で温めたときの異様な安堵《あんど》の感情や、――ほんとうにそれらは回想という言葉に相応《ふさわ》しい位《くらい》一晩の経験としては豊富すぎる内容であった。しかもそれでおしまいというのではなかった。私がやっと腹を膨《ふく》らして人心つくかつかぬに、私の充《みた》されない残酷な欲望はもう一度私に夜の道へ出ることを命令したのであった。私は不安な当《あて》で名前も初耳《はつみみ》な次の二里ばかりも離れた温泉へ歩かなければならなかった。その道でとうとう私は迷ってしまい、途方に暮れて闇のなかへ蹲《うずくま》っていたとき、晩《おそ》い自動車が通りかかり、やっとのことでそれを呼びとめて予定を変えてこの港の町へ来てしまったのであった。それから私は何処《どこ》へ行ったか。私はそんなところには一種の嗅覚でも持っているかのように、堀割《ほりわり》に沿った娼家の家並《やなみ》のなかへ出てしまった。藻草《もぐさ》を纏《まと》ったような船夫たちが何人も群れて、白く化粧した女を調戯《からか》いながら、よろよろと歩いていた。私は二度ほど同じ道を廻り、そして最後に一軒の家へ這入《はい》った。私は疲れた身体に熱い酒をそそぎ入れた。しかし私は酔わなかった。酌《しゃく》に来た女は秋刀魚《さんま》船《ぶね》の話をした。船員の腕に相応《ふさわ》しい逞《たくま》しい健康そうな女だった。その一人は私に婬《いん》を勧《すす》めた。私はその金を払ったまま、港のありかをきいて外へ出てしまったのである。

私は近くの沖にゆっくり明滅している廻転灯台の火を眺めながら、永い絵巻のような夜の終りを感じていた。舷の触れ合う音、とも綱の張る音、睡《ね》むたげな船の灯、すべてが暗く静かにそして内輪で、柔《なご》やかな感傷を誘った。何処かに捜して宿をとろうか、それとも今の女のところへ帰ってゆこうか、それはいずれにしても、私の憎悪に充ちた荒々しい心はこの港の埠頭《ふとう》で尽きていた。ながい間私はそこに立っていた。気疎《けうと》い睡気《ねむけ》のようなものが私の頭を誘うまで静かな海の闇を見入っていた。——

私はその港を中心にして三日ほどもその附近の温泉で帰る日を延《のば》した。明るい南の海の色や匂いはなにか私には荒々しく粗雑であった。そのうえ卑俗で薄汚い平野の眺めは直ぐに私を倦《あ》かせてしまった。山や渓が鬩《せめ》ぎ合い心を休める余裕や安らかな望みのない私の村の風景がいつか私の身についてしまっていることを私は知った。そして三日の後私はまた私の心を封じるために私の村へ帰って来たのである。

3

私は何日も悪くなった身体を寝床につけていなければならなかった。私には別にさした後悔もなかったが、知った人びとの誰彼がそうしたことを聞けばさぞ陰気になり気を悪くするだろうとそのことばかり思っていた。

そんな或る日のこと私はふと自分の部屋に一匹も蠅がいなくなっていることに気がついた。そのことは私を充分驚ろかした。私は考えた。恐らく私の留守中誰も窓を明けて日を入れず火をたいて部屋を温めなかった間に、彼らは寒気のために死んでしまったのではなかろうか。それはありそうなことに思えた。彼らは私の静かな生活の余徳を自分らの生存の条件として生きていたのである。そして私が自分の鬱屈した部屋から逃げ出してわれとわが身を責め虐《さいな》んでいた間に、彼らはほんとうに寒気と飢えで死んでしまったのである。私はそのことにしばらく憂鬱を感じた。それは私が彼らの死を傷んだためではなく、私にもなにか私を生かしそしていつか私を殺してしまうきまぐれな条件があるような気がしたからであった。私はそいつの幅広い背を見たように思った。それは新しいそして私の自尊心を傷《きずつ》ける空想だった。そして私はその空想からますます陰鬱を加えてゆく私の生活を感じたのである。

――一九二八年五月――

闇の絵巻

最近東京を騒がした有名な強盗が捕《つか》まって語ったところによると、彼は何も見えない闇の中でも、一本の棒さえあれば何里でも走ることが出来るという。その棒を身体の前へ突き出し突き出しして、畑でもなんでも盲滅法《めくらめっぽう》に走るのだそうである。

私はこの記事を新聞で読んだとき、そぞろに爽快な戦慄《せんりつ》を禁じることが出来なかった。闇！　そのなかではわれわれは何を見ることも出来ない。より深い暗黒が、いつも絶えない波動で刻々と周囲に迫って来る。こんななかでは思考することさえ出来ない。何があるかわからないところへ、どうして踏込んでゆくことが出来よう。勿論《もちろん》われわれは摺足《すりあし》でもして進むほかはないだろう。しかしそれは苦渋や不安や恐怖の感情で一ぱいになった一歩だ。その一歩を敢然と踏み出すためには、われわれは悪魔を呼ばなければならないだろう。裸足《はだし》で薊《あざみ》を踏んづける！　その絶望への情熱がなくてはならないのである。

闇のなかでは、しかし、もしわれわれがそうした意志を捨ててしまうなら、なんという深い安堵《あんど》がわれわれを包んでくれるだろう。この感情を思い浮べるためには、われわれが都会で経験する停電を思い出して見ればいい。停電して部屋が真暗になってしまうと、われわれは最初なんともいえない不快な気持になる。しかしちょっと気を変えて呑《のん》気《き》でいてやれと思うと同時に、その暗闇は電灯の下では味わうことの出来ない爽《さわ》やかな安息に変化してしまう。

深い闇のなかで味わうこの安息は一体なにを意味しているのだろう。今は誰の眼からも隠れてしまった――今は巨大な闇と一如《いちにょ》になってしまった――それがこの感情なのだろうか。

私はながい間ある山間の療養地に暮していた。私は其処で闇を愛することを覚えた。昼間は金毛の兎が遊んでいるように見える渓向《たにむこ》うの枯萱山《かれかややま》が、夜になると黒ぐろとした畏怖《いふ》に変った。昼間気のつかなかった樹木が異形《いぎょう》な姿を空に現わした。夜の外出には提灯《ちょうちん》を持ってゆかなければならない。――月夜というものは提灯の要《い》らない夜ということを意味するのだ。――こうした発見は都会から不意に山間へ行ったものの闇を知る第一階梯《かいてい》である。

私は好んで闇のなかへ出かけた。渓《たに》ぎわの大きな椎《しい》の木の下に立って遠い街道の孤独な電灯を眺めた。深い闇のなかから遠い小さな光を眺めるほど感傷的なものはないだろう。私はその光がはるばるやって来て、闇のなかの私の着物をほのかに染めているのを知った。またあるところでは渓の闇へ向って一心に石を投げた。闇のなかには一本の柚《ゆず》の木があったのである。石が葉を分けて戞々《かつかつ》と崖へ当った。ひとしきりすると闇のなかからは芳烈な柚の匂いが立騰《たちのぼ》って来た。

こうしたことは療養地の身を嚙《か》むような孤独と切離せるものではない。あるときは岬《みさき》の港町へゆく自動車に乗って、わざと薄暮の峠へ私自身を遺棄された。深い渓谷が闇のなかへ沈むのを見た。夜が更《ふ》けて来るにしたがって黒い山々の尾根《おね》が古い地球の骨のように見えて来た。彼らは私のいるのも知らないで話し出した。

「おい。何時《いつ》まで俺たちはこんなことをしていなきゃならないんだ」

私はその療養地の一本の闇の街道を今も新しい印象で思い出す。それは渓の下流にあった一軒の旅館から上流の私の旅館まで帰って来る道であった。渓に沿って道は少し上りになっている。三、四町もあったであろうか。その間には極《ご》く稀にしか電灯がついていなかった。今でもその数が数えられるように思う位だ。最初の電灯は旅館から街道へ出たところにあった。夏はそれに虫がたくさん集って来ていた。一匹の青蛙がいつもそこにいた。電灯の真下の電柱にいつもぴたりと身をつけているのである。暫《しば》らく見ていると、その青蛙はきまったように後足を変な風に曲げて、背中を搔く模《ま》ねをした。電灯から落ちて来る小虫がひっつくのかもしれない。いかにも五月蠅《うるさ》そうにそれをやるのである。私はよくそれを眺めて立留《たちどま》っていた。いつも夜更《よふ》けでいかにも静かな眺めであった。

しばらく行くと橋がある。その上に立って渓の上流の方を眺めると、黒ぐろとした山が空の正面に立塞《たちふさ》がっていた。その中腹に一箇の電灯がついていて、その光がなんとなしに恐怖を呼び起した。バアーンとシンバルを叩《たた》いたような感じである。私はその橋を渡るたびに私の眼がいつもなんとなくそれを見るのを避けたがるのを感じていた。

下流の方を眺めると、渓が瀬をなして轟々《ごうごう》と激していた。瀬の色は闇のなかでも白い。それはまた尻《し》っ尾《ぽ》のように細くなって下流の闇のなかへ消えてゆくのである。渓の岸には杉林のなかに炭焼小屋があって、白い煙が切り立った山の闇を匍《は》い登っていた。その煙は時として街道の上へ重苦しく流れて来た。だから街道は日によってはその樹脂臭《くさ》い匂いや、また日によっては馬力《ばりき》の通った昼間の匂いを残していたりするのだった。

橋を渡ると道は渓に沿ってのぼってゆく。左は渓の崖。右は山の崖。行手《ゆくて》に白い電灯がついている。それはある旅館の裏門で、それまでの真直ぐな道である。この闇のなかでは何も考えない。それは行手の白い電灯と道のほんの僅かの勾配《こうばい》のためである。これは肉体に課せられた仕事を意味している。目ざす白い電灯のところまでゆきつくと、いつも私は息切れがして往来の上で立留《たちど》まった。呼吸困難。これはじっとしていなければいけないのである。用事もないのに夜更けの道に立って盆槍《ぼんやり》畑を眺めているような風をしている。しばらくするとまた歩き出す。

街道はそこから右へ曲っている。渓《たにぞ》沿いに大きな椎の木がある。その木の闇は至って巨大だ。その下に立って見上げると、深い大きな洞窟のように見える。梟《ふくろう》の声がその奥にしていることがある。道の傍《かたわ》らには小さな字《あざ》があって、そこから射して来る光が、道の上に押被《おしかぶ》さった竹藪《たけやぶ》を白く光らせている。竹というものは樹木のなかで最も光に感じやすい。山のなかの所どころに簇《む》れ立っている竹藪。彼らは闇のなかでもそのありかをほの白く光らせる。

そこを過ぎると道は切り立った崖を曲って、突如ひろびろとした展望のなかへ出る。眼界というものがこうも人の心を変えてしまうものだろうか。そこへ来ると私はいつも今が今まで私の心を占めていた煮え切らない考えを振るい落してしまったように感じるのだ。私の心には新しい決意が生れて来る。秘《ひめ》やかな情熱が静かに私を満たして来る。

この闇の風景は単純な力強い構成を持っている。左手には渓の向うを夜空を劃《かぎ》って爬《は》虫《ちゅう》の背のような尾根《おね》が蜿蜒《えんえん》と匍《は》っている。黒ぐろとした杉林がパノラマのように廻って私の行手を深い闇で包んでしまっている。その前景のなかへ、右手からも杉山が傾きかかる。この山に沿って街道がゆく。行手は如何《いかん》ともすることの出来ない闇である。その闇へ達するまでの距離は百 米《メートル》 余りもあろうか。その途中にたった一軒だけ人家があって、楓《かえで》のような木が幻灯《げんとう》のように光を浴びている。大きな闇の風景のなかでただそこだけがこんもり明るい。街道もその前では少し明るくなっている。しかし前方の闇はそのためになお一層暗くなり街道を呑みこんでしまう。

ある夜のこと、私は私の前を私と同じように提灯《ちょうちん》なしで歩いてゆく一人の男があるのに気がついた。それは突然その家の前の明るみのなかへ姿を現わしたのだった。男は明るみを背にしてだんだん闇のなかへはいって行ってしまった。私はそれを一種異様な感動を持って眺めていた。それは、あらわにいって見れば、「自分も暫《しば》らくすればあの男のように闇のなかへ消えてゆくのだ。誰かがここに立って見ていればやはりあんな風に消えてゆくのであろう」という感動なのであったが、消えてゆく男の姿はそんなにも感情的であった。

その家の前を過ぎると、道は渓に沿った杉林にさしかかる。右手は切り立った崖である。それが闇のなかである。なんという暗い道だろう。そこは月夜でも暗い。歩くにしたがって暗さが増してゆく。不安が高まって来る。それがある極点にまで達しようとするとき、突如ごおっという音が足下から起る。それは杉林の切れ目だ。恰度《ちょうど》真下に当る瀬の音がにわかにその切れ目から押寄せて来るのだ。その音は凄《すさ》まじい。気持にはある混乱が起って来る。大工とか左官とかそういった連中が渓のなかで不可思議な酒盛をしていて、その高笑いがワッハッハ、ワッハッハときこえて来るような気のすることがある。心が捩《ね》じ切れそうになる。するとその途端《とたん》、道の行手にパッと一箇の電灯が見える。闇はそこで終ったのだ。

もうそこからは私の部屋は近い。電灯の見えるところが崖の曲角《まがりかど》で、そこを曲れば直ぐ私の旅館だ。電灯を見ながらゆく道は心やすい。私は最後の安堵《あんど》とともにその道を歩いてゆく。しかし霧の夜がある。霧にかすんでしまって電灯が遠くに見える。行っても行ってもそこまで行きつけないような不思議な気持になるのだ。いつもの安堵が消えてしまう。遠い遠い気持になる。

闇の風景はいつ見ても変らない。私はこの道を何度ということなく歩いた。いつも同じ空想を繰返した。印象が心に刻みつけられてしまった。街道の闇、闇よりも濃い樹木の闇の姿はいまも私の眼に残っている。それを思い浮べるたびに、私は今いる都会のどこへ行っても電灯の光の流れている夜を薄っ汚なく思わないではいられないのである。

——一九三〇年十月——

交尾

その一

星空を見上げると、音もしないで何匹も蝙蝠《こうもり》が飛んでいる。その姿は見えないが、瞬間瞬間光を消す星の工合《ぐあい》から、気味の悪い畜類の飛んでいるのが感じられるのである。人びとは寝静まっている。——私の立っているのは、半《なか》ば朽ちかけた、家の物干場《ものほしば》だ。ここからは家の裏横手の露路《ろじ》を見通すことが出来る。近所は、港に舫《もや》った無数の廻船のように、ただぎっしりと建て詰《こ》んだ家の、同じように朽ちかけた物干ばかりである。私はかつて独逸《ドイツ》のペッヒシュタインという画家の「市《いち》に嘆けるクリスト」という画の刷物《すりもの》を見たことがあるが、それは巨大な工場地帯の裏地のようなところで跪《ひざまず》いて祈っているキリストの絵像《えぞう》であった。その聯想《れんそう》から、私は自分の今出ている物干がなんとなくそうしたゲッセマネのような気がしないでもない。しかし私はキリストではない。夜中になって来ると病気の私の身体は火照《ほて》り出し、そして眼が冴《さ》える。ただ妄想という怪獣の餌食《じき》となりたくないためばかりに、私はここへ逃げ出して来て、少々身体には毒な夜露に打たれるのである。

どの家も寝静まっている。時どき力のない咳《せき》の音が洩《も》れて来る。昼間の知識から、私はそれが露路に住む魚屋の咳であることを聞きわける。この男はもう商売も辛《つら》いらしい。二階に間借りをしている男が、一度医者に見てもらえというのにどうしても聴かない。この咳はそんな咳じゃないといって隠そうとする。二階の男がそれを近所へ触れて歩く。家賃を払う家が少くて、医者の払いが皆目《かいもく》集まらないというこの町では、肺病は陰忍な戦《いくさ》である。突然に葬儀自動車が来る。誰もが死んだという当人のいつものように働いていた姿をまだ新しい記憶のなかに呼び起す。床についていた間というのは、だからいくらもないのである。実際こんな生活では誰でもが自ら絶望し、自ら死ななければならないのだろう。

魚屋が咳《せ》いている。可哀想《かわいそう》だなあと思う。ついでに、私の咳がやはりこんな風に聞こえるのだろうかと、私の分として聴いて見る。

先ほどから露路の上には盛んに白いものが往来している。これはこの露路だけとはいわない。表通りも夜更《よふ》けになるとこの通りである。これは猫だ。私は何故《なぜ》この町では猫がこんなに我物顔《わがものがお》に道を歩くのか考えて見たことがある。それによると第一この町には犬が殆《ほと》んどいないのである。犬を飼うのはもう少し余裕のある住宅である。その代り通りの家では商品を鼠にやられないために大抵猫を飼っている。犬がいなくて猫が多いのだから自然往来は猫が歩く。しかし、なんといっても、これは図々《ずうずう》しい不思議な気のする深夜の風景にはちがいない。彼らはブールヴァールを歩く貴婦人のように悠々《ゆうゆう》と歩く。また市役所の測量工夫《こうふ》のように辻から辻へ走ってゆくのである。

隣りの物干の暗い隅でガサガサという音が聞こえる。セキセイだ。小鳥が流行《はや》った時分にはこの町では怪我人まで出した。「一体誰がはじめにそんなものを欲しいといい出したんだ」と人びとが思う時分には、尾羽《おは》打ち枯らしたいろいろな鳥が雀に混って餌を漁《あさ》りに来た。もうそれも来なくなった。そして隣りの物干の隅には煤《すす》で黒くなった数匹のセキセイが生き残っているのである。昼間は誰もそれに注意を払おうともしない。ただ夜中になって変てこな物音をたてる生物になってしまったのである。

この時私は不意に驚ろいた。先ほどから露路をあちらへ行ったりこちらへ来たり、二匹の白猫が盛んに追っかけあいをしていたのであるが、この時恰度《ちょうど》私の眼の下で、不意に彼らは小さな唸《うな》り声をあげて組打ちをはじめたのである。組打ちといってもそれは立って組打ちをしているのではない。寝転《ねころ》んで組打ちをしているのである。私は猫の交尾を見たことがあるがそれはこんなものではない。また仔猫《こねこ》同志がよくこんなに巫山戯《ふざけ》ているがそれでもないようである。なにかよくはわからないが、とにかくこれは非常に艶《なま》めかしい所作《しょさ》であることは事実である。私はじっとそれを眺めていた。遠くの方から夜警のつく棒の音がして来る。その音のほかには町からは何の物音もしない。静かだ。そして私の眼の下では彼らがやはりだんまりで、しかも実に余念なく組打ちをしている。

彼らは抱き合っている。柔らかく噛み合っている。前肢《まえあし》でお互《たがい》に突張り合いをしている。見ているうちに私はだんだん彼らの所作に惹《ひ》き入れられていた。私は今彼らが噛み合っている気味の悪い噛み方や、今彼らが突張っている前肢の――それで人の胸を突張るときの可愛《かわい》い力やを思い出した。どこまでも指を滑り込ませる温い腹の柔毛《にこげ》――今一方の奴《やつ》はそれを揃えた後肢《あとあし》で踏んづけているのである。こんなに可愛い、不思議な、艶めかしい猫の有様を私はまだ見たことがなかった。暫《しば》らくすると彼らはお互にきつく抱き合ったまま少しも動かなくなってしまった。それを見ていると私は息が詰《つま》って来るような気がした。と、その途端《とたん》露路のあちらの端《はし》から夜警の杖の音が急に露路へ響いて来た。

私はいつもこの夜警が廻って来ると家のなかへ這入《はい》ってしまうことにしていた。夜中おそく物干へ出ている姿などを私は見られたくなかった。尤《もっと》も物干の一方の方へ寄っていれば見られないで済むのであるが、雨戸が開いている、それを見て大きい声を立てて注意をされたりするとなおのこと不名誉なので、彼がやって来ると匆々《そうそう》家のなかへ這入ってしまうのである。しかし今夜は私は猫がどうするか見届けたい気持でわざと物干へ身体を突出していることにきめてしまった。夜警はだんだん近附いて来る。猫は相変らず抱き合ったまま少しも動こうとしない。この互《たがい》に絡《から》み合っている二匹の白猫は私をして肆《ほしいまま》な男女の痴態を幻想させる。それから涯《はて》しのない快楽を私は抽《ひ》き出すことが出来る。……

夜警はだんだん近附いて来た。この夜警は昼は葬儀屋をやっている、なんともいえない陰気な感じのする男である。私は彼が近附いて来るにつれて、彼がこの猫を見てどんな態度に出るか、興味を起して来た。彼はやっともうあと二間《けん》ほどのところではじめてそれに気がついたらしく、立留《たちどま》った。眺めているらしい。彼がそうやって眺めているのを見ていると、どうやら私の深夜の気持にも人と一緒にものを見物しているような感じが起って来た。ところが猫はどうしたのかちっとも動かない。まだ夜警に気がつかないのだろうか。あるいはそうかも知れない。それとも多寡《たか》を括《くく》ってそのままにしているのだろうか。それはこういう動物の図々しいところでもある。彼らは人が危害を加える気《き》遣《づか》いがないと落附き払って少し位《ぐらい》追ってもなかなか逃げ出さない。それでいて実に抜目なく観察していて、人にその気配が兆《きざ》すと見るや忽《たちま》ち逃げ足に移る。

夜警は猫が動かないと見るとまた二足《ふたあし》三足《みあし》近附いた。するとおかしいことには二つの首がくるりと振向いた。しかし彼らはまだ抱き合っている。私はむしろ夜警の方が面白くなって来た。すると夜警は彼の持っている杖をトンと猫の間近《まぢか》で突いて見せた。と、忽ち猫は二条の放射線となって露路の奥の方へ逃げてしまった。夜警はそれを見送ると、いつものようにつまらなそうに再び杖を鳴らしながら露路を立ち去ってしまった。物干の上の私には気附かないで。

その二

私は一度河鹿《かじか》をよく見てやろうと思っていた。

河鹿を見ようと思えば先ず大胆に河鹿の鳴いている瀬のきわまで進んでゆくことが必要である。これはそろそろ近寄って行っても河鹿の隠れてしまうのは同じだからなるべく神速《じんそく》に行うのがいいのである。瀬のきわまで行ってしまえば今度は身をひそめて凝《じっ》としてしまう。「俺は石だぞ。俺は石だぞ。」と念じているような気持で少しも動かないのである。ただ眼だけはらんらんとさせている。盆槍《ぼんやり》していれば河鹿は渓《たに》の石と見わけにくい色をしているから何も見えないことになってしまうのである。やっと暫《しば》らくすると水の中やら石の蔭から河鹿がそろそろと首を擡《もた》げはじめる。気をつけて見ていると実にいろんなところから——それが皆申し合せたように同じ位ずつ——恐る恐る顔を出すのである。既に私は石である。彼らは等しく恐怖をやり過ごした体《てい》で元の所へあがって来る。今度は私の一望の下《もと》に、余儀ないところで中断されていた彼らの求愛が encore されるのである。

こんな風にして真近に河鹿を眺めていると、時どき不思議な気持になることがある。芥川竜之介は人間が河童《かっぱ》の世界へ行く小説を書いたが、河鹿の世界というものは案外手近にあるものだ。私は一度私の眼の下にいた一匹の河鹿から忽然《こつぜん》としてそんな世界へはいってしまった。その河鹿は瀬の石と石との間に出来た小さい流れの前へ立って、あの奇怪な顔附でじっと水の流れるのを見ていたのであるが、その姿が南画《なんが》の河童とも漁師ともつかぬ点景人物そっくりになって来た、と思う間に彼の前の小さい流れがサーッと広々とした江《かわ》に変じてしまった。その瞬間私もまたその天地の孤客たることを感じたのである。

これはただこれだけの話に過ぎない。だが、こんな時こそ私は最も自然な状態で河鹿を眺めていたといい得るのかもしれない。それより前私は一度こんな経験をしていた。私は渓へ行って鳴く河鹿を一匹捕まえて来た。桶《おけ》へ入れて観察しようと思ったのである。桶は浴場の桶だった。渓の石を入れて水を湛《たた》え、硝子《ガラス》で蓋《ふた》をして座敷のなかへ持ってはいった。ところが河鹿はどうしても自然な状態になろうとしない。蠅を入れても蠅は水の上へ落ちてしまったなり河鹿とは別の生活をしている。私は退屈して湯に出かけた。そして忘れた時分になって座敷へ帰って来ると、チャブンという音が桶のなかでした。なるほどと思って早速桶の傍《そば》へ行って見ると、やはり先ほどの通り隠れてしまったきりで出て来ない。今度は散歩に出かける。帰って来ると、またチャブンという音がする。あとはやはり同じことである。その晩は傍へ置いたまま、私は私で読書をはじめた。忘れてしまって身体を動かすとまた跳び込んだ。最も自然な状態で本を読んでいるところを見られてしまったのである。翌日、結局彼は「慌《あわ》てて跳び込む」ということを私に教えただけで、身体へ部屋中の埃《ほこり》をつけて、私が明けてやった障子《しょうじ》から渓の水音のする方へ跳んで行ってしまった。――これ以後私は二度とこの方法を繰返さなかった。彼らを自然に眺めるにはやはり渓へ行かなくてはならなかったのである。

それはある河鹿のよく鳴く日だった。河鹿の鳴く声は街道までよく聞こえた。私は街道から杉林のなかを通って何時《いつ》もの瀬のそばへ下りて行った。渓向《たにむこ》うの木立のなかでは瑠璃《るり》が美しく囀《さえず》っていた。瑠璃は河鹿と同じくその頃の渓間《たにま》をいかにも楽しいものに思わせる鳥だった。村人の話ではこの鳥は一つのホラ(山あいの木のたくさん繁ったところ)にはただ一羽しかいない。そして他の瑠璃がそのホラへはいって行くと喧嘩をして追い出してしまうという。私は瑠璃の鳴声を聞くといつもその話を思い出しそれを尤《もっと》もだと思った。それはいかにも我と我が声の反響を楽しんでいる者の声だった。その声はよく透《とお》り、一日中変ってゆく渓あいの日射しのなかでよく響いた。その頃毎日のように渓間を遊び恍《ほう》けていた私はよくこんなことを口ずさんだ。

——ニシビラへ行けばニシビラの瑠璃、セコノタキへ来ればセコノタキの瑠璃。——

そして私の下りて来た瀬の近くにも同じような瑠璃が一羽いたのである。私は果して河鹿の鳴きしきっているのを聞くとさっさと瀬のそばまで歩いて行った。すると彼らの音楽ははたと止まった。しかし私は既定の方針通りにじっと蹲《うずく》まっておればよいのである。しばらくして彼らはまた元通りに鳴き出した。この瀬には殊にたくさんの河鹿がいた。その声は瀬をどよもして響いていた。遠くの方から風の渡るように響いて来る。それは近くの瀬の波頭《なみがしら》の間から高まって来て、眼の下の一団で高潮に達する。その伝播《でんぱ》は微妙で、絶えず湧き起り絶えず揺れ動く一つのまぼろしを見るようである。科学の教えるところによると、この地球にはじめて声を持つ生物が産《うま》れたのは石炭紀の両棲類だということである。だからこれがこの地球に響いた最初の生《せい》の合唱だと思うといくらか壮烈な気がしないでもない。実際それは聞く者の心を震《ふる》わせ、胸をわくわくさせ、遂には涙を催させるような種類の音楽である。

私の眼の下にはこのとき一匹の雄がいた。そして彼もやはりその合唱の波のなかに漂《ただよ》いながら、ある間《ま》をおいては彼の喉《のど》を震わせていたのである。私は彼の相手がどこにいるのだろうかと捜して見た。流れを距《へだ》てて一尺ばかり離れた石の蔭に温柔《おとな》しく控えている一匹がいる。どうもそれらしい。暫《しば》らく見ているうちに私はそれが雄の鳴くたびに「ゲ・ゲ」と満足気《げ》な声で受答えをするのを発見した。そのうちに雄の声はだんだん冴《さ》えて来た。ひたむきに鳴くのが私の胸へも応《こた》えるほどになって来た。暫らくすると彼はまた突然に合唱のリズムを紊《みだ》しはじめた。鳴く間《ま》がだんだん迫って来たのである。勿論雌は「ゲ・ゲ」とうなずいている。しかしこれは声の振わないせいか雄の熱情的なのに比べて少し呑気《のんき》に見える。しかし今に何事かなくてはならない。私はその時の来るのを待っていた。すると、案の定、雄はその烈《はげ》しい鳴き方をひたと鳴きやめたと思う間に、するすると石を下りて水を渡りはじめた。このときその可憐《かれん》な風情《ふぜい》ほど私を感動させたものはなかった。彼が水の上を雌に求め寄ってゆく、それは人間の子供が母親を見附けて甘え泣きに泣きながら駆け寄って行くときと少しも変ったことはない。「ギョ・ギョ・ギョ・ギョ」と鳴きながら泳いで行くのである。こんな一心にも可憐な求愛があるものだろうか。それには私はすっかりあてられてしまったのである。

　勿論彼は幸福に雌の足下へ到り着いた。それから彼らは交尾した。爽《さわ》やかな清流のなかで。――しかし少くとも彼らの痴情の美しさは水を渡るときの可憐さに如《し》かなかった。

世にも美しいものを見た気持で、暫らく私は瀬を揺がす河鹿の声のなかに没していた。

——一九三一年一月——

のんきな患者

一

吉田は肺が悪い。寒《かん》になって少し寒い日が来たと思ったら、すぐその翌日から高い熱を出してひどい咳《せき》になってしまった。胸の臓器を全部押し上げて出してしまおうとしているかのような咳をする。四、五日経《た》つともうすっかり痩《や》せてしまった。咳もあまりしない。しかしこれは咳が癒《なお》ったのではなくて、咳をするための腹の筋肉がすっかり疲れ切ってしまったからで、彼らが咳をするのを肯《がえ》んじなくなってしまったかららしい。それにもう一つは心臓がひどく弱ってしまって、一度咳をしてそれを乱してしまうと、それを再び鎮《しず》めるまでに非常に苦しい目を見なければならない。つまり咳をしなくなったというのは、身体が衰弱してはじめてのときのような元気がなくなってしまったからで、それが証拠には今度はだんだん呼吸困難の度《ど》を増して浅薄な呼吸を数多くしなければならなくなって来た。

病勢がこんなになるまでの間、吉田はこれを人並の流行性感冒のように思って、またしても「明朝はもう少しよくなっているかもしれない」と思ってはその期待に裏切られたり、今日こそは医者を頼もうかと思ってはむだに辛抱をしたり、何時《いつ》までもひどい息切れを冒《おか》しては便所へ通ったり、そんな本能的な受身なことばかりやっていた。そしてやっと医者を迎えた頃には、もうげっそり頰《ほお》もこけてしまって、身動きも出来なくなり、二、三日のうちにはや褥瘡《とこずれ》のようなものまでが出来かかって来るという弱り方であった。或る日はしきりに「こうっと」「こうっと」というようなことを殆《ほとん》ど一日いっている。かと思うと「不安や」「不安や」と弱々しい声を出して訴えることもある。そういうときはきまって夜で、どこから来るともしれない不安が吉田の弱り切った神経を堪《たま》らなくするのであった。

吉田はこれまで一度もそんな経験をしたことがなかったので、そんなときは第一にその不安の原因に思い悩むのだった。一体ひどく心臓でも弱って来たんだろうか、それともこんな病気にはありがちな不安ほどにはないなにかの現象なんだろうか、それとも自分の過敏になった神経がなにかの苦痛をそういう風に感じさせるんだろうか。――吉田は殆ど身動きも出来ない姿勢で身体を鯱硬張《しゃちこば》らせたまま辛《かろ》うじて胸へ呼吸を送っていた。そして今もし突如この平衡を破るものが現われたら自分はどうなるかしれないということを思っていた。だから吉田の頭には地震とか火事とか一生に一度遭《あ》うか二度遭うかというようなものまでが真剣に写っているのだった。また吉田がこの状態を続けてゆくというのには絶えない努力感の緊張が必要であって、もしその綱渡りのような努力になにか不安の影が射せばたちどころに吉田は深い苦痛に陥らざるを得ないのだった。――しかしそんなことはいくら考えても決定的な知識のない吉田にはその解決がつくはずはなかった。その原因を憶測するにもまたその正否を判断するにも結局当《とう》の自分の不安の感じに由《よ》る外《ほか》はないのだとすると、結局それは何をやっているのか訳のわからないことになるのは当然のことなのだったが、しかしそんな状態にいる吉田にはそんな諦《あきら》めがつくはずはなく、いくらでもそれは苦痛を増して行くことになるのだった。

第二に吉田を苦しめるのはこの不安には手段があると思うことだった。それは人に医者へ行ってもらうことと誰かに寝ずの番についていてもらうことだった。しかし吉田は誰もみな一日の仕事をすましてそろそろ寝ようとする今頃になって、半里《みち》もある田舎道《いなかみち》を医者へ行って来てくれとか、六十も越してしまった母親に寝ずについていてくれとかいうことはいい出しにくかった。またそれを思い切って頼む段になると、吉田は今のこの自分の状態をどうしてわかりの悪い母親にわからしていいか、――それよりも自分が辛うじてそれをいうことが出来ても、じっくりとした母親の平常の態度でそれを考えられたり、またその使いを頼まれた人間がその使いを行き渋ったりするときのことを考えると、実際それは吉田にとって泰山《たいざん》を動かすような空想になってしまうのだった。しかし何故《なぜ》不安になって来るか――もう一つ精密にいうと――何故不安が不安になって来るかということ、これからだんだん人が寝てしまって医者へ行ってもらうということも本当に出来なくなるということや、そして母親も寝てしまってあとはただ自分一人が荒涼とした夜の時間のなかへ取り残されるということや、そしてもしその時間の真中でこのえたいの知れない不安の内容が実現するようなことがあれば最早《もはや》自分はどうすることも出来ないではないかというようなことを考えるからで、――だからこれは目をつぶって「辛抱するか、頼むか」ということを決める以外それ自身のなかには何ら解決の手段も含んでいない事柄なのであるが、たとえ吉田は漠然とそれを感じることが出来ても、身体も心も抜差しのならない自分の状態であってみればなおのことその迷妄を捨て切ってしまうことも出来ず、その結果はあがきのとれない苦痛がますます増大してゆく一方となり、そのはてにはもうその苦しさだけにも堪《た》え切れなくなって「こんなに苦しむ位なら一《いっ》そのことといってしまおう」と最後の決心をするようになるのだが、そのときはもう何故か手も足も出なくなったような感じで、その傍《そば》に坐っている自分の母親がいかにも歯痒《はがゆ》いのんきな存在に見え、「此処《ここ》と其処《そこ》だのに何故これを相手にわからすことが出来ないのだろう」と胸のなかの苦痛をそのまま摑《つか》み出して相手に叩きつけたいような肝癪《かんしゃく》が吉田には起って来るのだった。

しかし結局はそれも「不安や」「不安や」という弱々しい未練一杯の訴えとなって終

ってしまうほかないので、それも考えてみれば未練とはいってもやはり夜中なにか起ったときには相手をはっと気づかせることの役には立つという切迫《せっぱ》つまった下心《したごころ》もはいっているにはちがいなく、そうすることによってやっと自分一人が寝られないで取残される夜の退引《のっぴき》ならない辛抱をすることになるのだった。

吉田は何度「己《おれ》が気持よく寝られさえすれば」と思ったことかしれなかった。こんな不安も吉田がその夜を睡《ね》むる当《あて》さえあれば何の苦痛でもないので、苦しいのはただ自分が昼にも夜にも睡眠ということを勘定に入れることが出来ないということだった。吉田は胸のなかがどうにかして和《なご》んで来るまでは否《いや》でも応でも何時も身体を鯱硬張《しゃちこば》らして夜昼を押し通していなければならなかった。そして睡眠は時雨空《しぐれぞら》の薄日《うすび》のように、その上を時どきやって来ては消えてゆく殆《ほとん》ど自分とは没交渉なものだった。吉田はいくら一日の看護に疲れても寐《ね》るときが来ればいつでもすやすやと寐て行く母親がいかにも楽しそうにもまた薄情にも見え、しかし結局これが己《おのれ》の今やらなければならないことなんだと思い諦《あきら》めてまたその努力を続けてゆく外《ほか》なかった。

そんな或る晩のことだった。吉田の病室へ突然猫が這入《はい》って来た。その猫は平常吉田の寝床へ這入って寝るという習慣があるので吉田がこんなになってからは喧《やか》ましくいって病室へは入れない工夫をしていたのであるが、その猫がどこから這入って来たのか不意にニャアというつもの鳴声とともに部屋へ這入って来たときには吉田は一時に不安と憤懣《ふんまん》の念に襲われざるを得なかった。吉田は隣室に寝ている母親を呼ぶことを考えたが、母親はやはり流行性感冒のようなものにかかって二、三日前から寝ているのだった。そのことについては吉田は自分のことも考え、また母親のことも考えて看護婦を呼ぶことを提議したのだったが、母親は「自分さえ辛抱すればやって行ける」という吉田にとっては非常に苦痛な考えを固執していてそれを取り上げなかった。そしてこんな場合になってはは吉田はやはり一匹の猫位《ぐらい》でその母親を起すということは出来にくい気がするのだった。吉田はまた猫のことには「こんなことがあるかもしれないと思ってあんなにも神経質にいってあるのに」と思って自分が神経質になることによって払った苦痛の犠牲が手応《てごた》えもなくすっぽかされてしまったことに憤懣を感じないではいられなかった。しかし今自分は肝癪《かんしゃく》を立てることによって少しの得《とく》もすることはないと思うと、その訳のわからない猫をあまり身動きも出来ない状態で立ち去らせることの如何《いか》にまた根気のいる仕事であるかを思わざるを得なかった。

猫は吉田の枕のところへやって来るといつものように夜着《よぎ》の襟元《えりもと》から寝床のなかへもぐり込もうとした。吉田は猫の鼻が冷たくてその毛皮が戸外の霜で濡《ぬ》れているのをその頬《ほお》で感じた。即ち吉田は首を動かしてその夜着の隙間《すきま》を塞《ふさ》いだ。すると猫は大胆にも枕の上へあがって来てまた別の隙間へ遮二無二《しゃにむに》首を突込もうとした。吉田はそろそろあげて来てあった片手でその鼻先を押しかえした。このようにして懲罰《ちょうばつ》ということ以外に何もしらない動物を、極度に感情を押し殺した僅かの身体の運動で立ち去らせるというこ とは、訳のわからないその相手を殆《ほとん》ど懐疑に陥《おとしい》れることによって諦めさすというような切迫《せっぱ》つまった方法を意味していた。しかしそれがやっとのことで成功したと思うと、方向を変えた猫は今度はのそのそと吉田の寝床の上へあがってそこで丸くなって毛を舐《な》めはじめた。そこへ行けばもう吉田にはどうすることも出来ない場所である。薄氷《はくひょう》を踏むような吉田の呼吸が遽《にわ》かにずしりと重くなった。吉田はいよいよ母親を起そうかどうしようかということで抑《おさ》えていた肝癪を昂《たか》ぶらせはじめた。吉田にとってはそれを辛抱することは出来なくないことかもしれなかった。しかしその辛抱をしている間はたとえ寝たか寝ないかわからないような睡眠ではあったが、その可能性が全然なくなってしまうことを考えなければならなかった。そしてそれを何時《いつ》まで持ち耐《こた》えなければならないかということは全く猫次第であり、何時起きるかしれない母親次第だと思うと、どうしてもそんな馬鹿馬鹿しい辛抱は仕切れない気がするのだった。しかし母親を起すことを考えると、こんな感情を抑えて恐らく何度も呼ばなければならないだろうという気持だけでも吉田は全く大儀《たいぎ》な気になってしまうのだった。――暫《しば》らくして吉田はこの間から自分で起したことのなかった身体をじりじり起しはじめた。そして床の上へやっと起きかえったかと思うと、寝床の上に丸くなって寝ている猫をむんずと摑まえた。吉田の身体はそれだけの運動でもう浪《なみ》のように不安が揺れはじめた。しかし吉田はもうどうすることも出来ないのでいきなり、それをそれのはいって来た部屋の隅《すみ》へ「二度と手間のかからないように」叩きつけた。そして自分は寝床の上であぐらをかいてそのあとの恐ろしい呼吸困難に身を委《まか》せたのだった。

二

しかし吉田のそんな苦しみもだんだん耐えがたいようなものではなくなって来た。吉田は自分にやっと睡眠らしい睡眠が出来るようになり、「今度はだいぶんひどい目に会った」ということを思うことが出来るようになると、やっと苦しかった二週間ほどのことが頭へのぼって来た。それは思想もなにもないただ荒々しい岩石の重畳《ちょうじょう》する風景だった。しかしそのなかでも最もひどかった咳《せき》の苦しみの最中に、いつも自分の頭へ浮んで来る訳のわからない言葉があったことを吉田は思い出した。それは「ヒルカニヤの虎」という言葉だった。それは咳の喉《のど》を鳴らす音とも聯関《れんかん》があり、それを吉田が観念するのは「俺はヒルカニヤの虎だぞ」というようなことを念じるからなのだったが、一体その

「ヒルカニヤの虎」というものがどんなものであったか吉田はいつも咳のすんだあと妙な気持がするのだった。吉田は何かきっとそれは自分の寐《ね》つく前に読んだ小説かなにかのなかにあったことにちがいないと思うのだったがそれが思い出せなかった。また吉田は「自己の残像」というようなものがあるものなんだなというようなことを思ったりした。それは吉田がもうすっかり咳をするのに疲れてしまって頭を枕へ凭《もた》らせていると、それでもやはり小さい咳が出て来る、しかし吉田はもうそんなものに一々頸《くび》を固くして応じてはいられないと思ってそれを出るままにさせておくと、どうしてもやはり頭はその度《たび》に動かざるを得ない。するとその「自己の残像」というものがいくつも出来るのである。

しかしそんなこともみな苦しかった二週間ほどの間の思い出であった。同じ寐られない晩にしても吉田の心にはもうなにかの快楽を求めるような気持の感じられるような晩もあった。

或る晩は吉田は煙草を眺めていた。床の脇にある火鉢《ひばち》の裾《すそ》に刻煙草《きざみタバコ》の袋と煙管《キセル》とが見えている。それは見えているというよりも、吉田が無理をして見ているので、それを見ているということが何ともいえない楽しい気持を自分に起させていることを吉田は感じていた。そして吉田の寐られないのはその気持のためで、いわばそれはやや楽しすぎる気持なのだった。そして吉田は自分の頬《ほお》がそのために少しずつ火照《ほて》ったようになって来ているということさえ知っていた。しかし吉田は決してほかを向いて寐ようという気はしなかった。そうすると折角《せっかく》自分の感じている春の夜のような気持が一時に病気病気した冬のような気持になってしまうのだった。しかし寐られないということも吉田にとっては苦痛であった。吉田は何時《いつ》か不眠症ということについて、それの原因は結局患者が眠ることを欲しないのだという学説があることを人に聞かされていた。吉田はその話を聞いてから自分の睡《ね》むれないときには何か自分に睡むるのを欲しない気持がありはしないかと思って一夜それを検査してみるのだったが、今自分が寐られないということについては検査してみるまでもなく吉田にはそれがわかっていた。しかし自分がその隠れた欲望を実行に移すかどうかという段になると吉田は一も二もなく否定せざるを得ないのだった。煙草を喫《す》うも喫わないも、その道具の手の届くところへ行きつくだけでも、自分の今のこの春の夜のような気持は一時に吹き消されてしまわなければならないということは吉田も知っていた。そしてもしそれを一服喫ったとする場合、この何日間か知らなかったどんな恐ろしい咳の苦しみが襲って来るかということも吉田は大概察していた。そして何よりもまず、少し自分がその人の故《せい》で苦しい目をしたというような場合直《す》ぐに肝癪《かんしゃく》を立てておこりつける母親の寐ている隙《すき》に、それもその人の忘れて行った煙草を

——と思うとやはり吉田は一も二もなくその欲望を否定せざるを得なかった。だから吉田は決してその欲望をあらわには意識しようとは思わない。そしていつまでもその方を眺めては寐られない春の夜のような心のときめきを感じているのだった。

或る日は吉田はまた鏡を持って来させてそれに枯れ枯れとした真冬の庭の風景を反射させては眺めたりした。そんな吉田には南天《なんてん》の赤い実が眼の覚めるような刺戟《しげき》で眼についた。また鏡で反射させた風景へ望遠鏡を持って行って、望遠鏡の効果があるものかどうかということを、吉田はだいぶんながい間寝床のなかで考えたりした。大丈夫だと吉田は思ったので、望遠鏡を持って来させて鏡を重ねて覗《のぞ》いて見るとやはり大丈夫だった。

或る日は庭の隅《すみ》に接した村の大きな櫟《くぬぎ》の木へたくさん渡り鳥がやって来ている声がした。

「あれは一体何やろ」

吉田の母親はそれを見つけて硝子《ガラス》障子《しょうじ》のところへ出て行きながら、そんな独り言《ひとりごと》のような吉田に聞かすようなことをいうのだったが、肝癪を起すのに慣れ続けた吉田は、「勝手にしろ」というような気持でわざと黙り続けているのだった。しかし吉田がそう思って黙っているというのは吉田にしてみればいい方で、もしこれが気持のよくないときだったら自分のその沈黙が苦しくなって、(一体そんなことを聞くような聞かないようなことをいって自分がそれを眺めることが出来ると思っているのか)というようなことから始まって、母親が自分のそんな意志を否定すれば、(いくらそんなことをいってもぼんやり自分がそう思っていったということに自分が気がつかないだけの話で、いつもそんなぼんやりしたことをいったりしたりするから無理にでも自分が鏡と望遠鏡とを持ってそれを眺めなければならないような義務を感じたりして苦しくなるのじゃないか)という風に母親を攻《せ》めたてて行くのだったが、吉田は自分の気持がそういう朝でさっぱりしているので、黙ってその声をきいていることが出来るのだった。すると母親は吉田がそんなことを考えているということには気がつかずにまたこんなことをいうのだった。

「なんやらヒヨヒヨした鳥やわ」

「そんなら鵯《ひよ》ですやろうかい」

吉田は母親がそれを鵯に極《き》めたがってそんな形容詞を使うのだということが大抵わかるような気がするのでそんな返事をしたのだったが、しばらくすると母親はまた吉田がそんなことを思っているとは気がつかずに、

「なんやら毛がムクムクしているわ」

吉田はもう肝癪を起すよりも母親の思っていることが如何《いか》にも滑稽になって来たので、

「そんなら椋鳥《むく》ですやろうかい」

といって独《ひと》りで笑いたくなって来るのだった。

そんな或る日吉田は大阪でラジオ屋の店を開いている末の弟の見舞をうけた。その弟のいる家というのはその何ヵ月か前まで吉田や吉田の母や弟やの一緒に住んでいた家であった。そしてそれはその五、六年も前吉田の父がその学校へ行かない吉田の末の弟に何か手に合った商売をさせるために、そして自分たちもその息子を仕上げながら老後の生活をして行くために買った小間物店《こまものみせ》で、吉田の弟はその店の半分を自分の商売にするつもりのラジオ屋に造り変え、小間物屋の方は吉田の母親がみながらずっと暮して来たのであった。それは大阪の市が南へ南へ伸びて行こうとして十何年か前まではまだ草深い田舎であった土地をどんどん住宅や学校、病院などの地帯にしてしまい、その間へはまた多くはそこの地元の百姓であった地主たちの建てた小さな長屋がたくさん出来て、野原の名残《なご》りが年ごとにその影を消して行きつつあるという風の町なのであった。吉田の弟の店のあるところはその間でも比較的早くから出来ていた通筋《とおりすじ》で両側はそんな町らしい、いろんなものを商《あきな》う店が立ち並んでいた。

吉田は東京から病気が悪くなってその家へ帰って来たのが二年あまり前であった。吉田の帰って来た翌年吉田の父はその家で死んで、しばらくして吉田の末の弟も兵隊に行っていたのから帰って来ていよいよ落ついて商売をやって行くことになり嫁を貰《もら》った。そしてそれを機会に一先《ひとま》ず吉田も吉田の母も弟も、それまで外で家を持っていた吉田の兄の家の世話になることになり、その兄がそれまで住んでいた町から少し離れた田舎に、病人を住ますに都合のいい離家《はなれ》のあるいい家が見つかったのでそこへ引越したのがまだ三ヵ月ほど前であった。

吉田の弟は病室で母親を相手に暫《しば》らく当り触りのない自分の家の話などをしていたがやがて帰って行った。しばらくしてそれを送って行った母が部屋へ帰って来て、また暫らくしてのあとで、母は突然、

「あの金物屋《かなものや》の娘が死んだと」

といって吉田に話しかけた。

「ふうむ」

吉田はそういったなり弟がその話をこの部屋ではしないで送って行った母と母屋《おもや》の方でしたということを考えていたが、やはり弟の眼にはこの自分がそんな話も出来ない病人に見えたかと思うと、「そうかなあ」という風にも考えて、

「何であれもそんな話を彼方《あっち》の部屋でしたりするんですやろなあ」

という風なことをいっていたが、

「それゃお前がびっくりすると思うてさ」

そういいながら母は自分がそれをいったことは別に意に介してないらしいので吉田は直ぐにも「それじゃあんたは？」と聞きかえしたくなるのだったが、今はそんなことをいう気にもならず吉田はじっとその娘の死んだということを考えていた。

吉田は以前からその娘が肺が悪くて寝ているということは聞いて知っていた。その荒物屋《あらものや》というのは吉田の弟の家から辻を一つ越した二、三軒先のくすんだ感じの店だった。吉田はその店にそんな娘が坐っていたことはいくらいわれても思い出せなかったが、その家のお婆さんというのはいつも近所へ出歩いているのでよく見て知っていた。吉田はそのお婆さんからはいつも少し人の好過《よす》ぎるやや腹立たしい印象をうけていたのであるが、それはそのお婆さんがまたしても変な笑い顔をしながら近所のおかみさんたちとお喋《しゃべ》りをしに出て行っては、弄《なぶ》りものにされている――そんな場面をたびたび見たからだった。しかしそれは吉田の思い過ぎで、それはそのお婆さんが聾《つんぼ》で人に手真似をしてもらわないと話が通じず、しかも自分は鼻のつぶれた声で物をいうので一層《いっそう》人に軽蔑的な印象を与えるからで、それは多少人びとには軽蔑されてはいても、面白半分にでも手真似で話してくれる人があり、鼻のつぶれた声でもその話を聞いてくれる人があってこそ、そのお婆さんも何の気兼《きがね》もなしに近所仲間の仲間入りが出来るので、それが飾りもなにもないこうした町の生活の真実なんだということはいろいろなことを知って見てはじめて吉田にも会得《えとく》のゆくことなのだった。

そんな風ではじめ吉田にはその娘のことよりもお婆さんのことがその荒物屋についての知識を占めていたのであるが、だんだんその娘のことが自分のことにも関聯《かんれん》して注意されて来たのはだいぶんその娘の容態も悪くなって来てからであった。近所の人の話ではその荒物屋の親爺《おやじ》さんというのが非常に吝嗇《けち》で、その娘を医者にもかけてやらなければ薬も買ってやらないということであった。そしてただその娘の母親であるさっきのお婆さんだけがその娘の世話をしていて、娘は二階の一《ひ》と間《ま》に寝たきり、その親爺さんも息子もそしてまだ来て間のないその息子の嫁も誰もその病人には寄りつかないようにしているということをいっていた。そして吉田はあるときその娘が毎日食後に目高《めだか》を五匹ずつ嚥《の》んでいるという話をきいたときは「どうしてまたそんなものを」という気持がしてにわかにその娘を心にとめるようになったのだが、しかしそれは吉田にとってまだまだ遠い他人事《ひとごと》の気持なのであった。

ところがその後しばらくしてそこの嫁が吉田の家へ掛取《かけと》りに来たとき、家の者と話をしているのを吉田がこちらの部屋のなかで聞いていると、その目高を嚥むようになってから病人が工合《ぐあい》がいいといっているということや、親爺さんが十日に一度位《ぐらい》それを野原

の方へ取りに行くという話などをしてから最後に、

「うちの網は何時《いつ》でも空《あ》いてますよって、お家の病人さんにもちっと取って来て嘸ましてあげはったらどうです」

というような話になって来たので吉田は一時に狼狽《ろうばい》してしまった。吉田は何よりも自分の病気がそんなにも大っぴらに話されるほど人びとに知られているのかと思うと今更のように驚ろかないではいられないのだったが、しかし考えてみれば勿論《もちろん》それは無理のない話で、今更それに驚ろくというのはやはり自分が平常自分について虫のいい想像をしているんだということを吉田は思い知らなければならなかったのだった。だが吉田にとってまだ生々《なまなま》しかったのはその目高を自分にも嘸ましたらといわれたことだった。あとでそれを家の者が笑って話したとき、吉田は家の者にもやはりそんな気があるのじゃないかと思って、もうちょっとその魚を大きくしてやる必要があるといって悪《にく》まれ口を叩《たた》いたのだったが、吉田はそんなものを嘸みながらだんだん死期に近づいてゆく娘のことを想像すると堪《たま》らないような憂鬱な気持になるのだった。そしてその娘のことについてはそれきりで吉田はこちらの田舎の住居《すまい》の方へ来てしまったのだったが、それからしばらくして吉田の母が弟の家へ行って来たときの話に、吉田は突然その娘の母親が死んでしまったことを聞いた。それはそのお婆さんが或る日上《あが》り框《かまち》から座敷の長火鉢《ながひばち》の方へあがって行きかけたまま脳溢血《のういっけつ》かなにかで死んでしまったというので非常にあっけない話であったが、吉田の母親はあのお婆さんに死なれてはあの娘も一遍《いっぺん》に気を落してしまっただろうとそのことばかりを心配した。そしてそのお婆さんが平常あんなに見えていても、その娘を親爺さんには内証《ないしょ》で市民病院へ連れて行ったり、また娘が寝たきりになってからは竊《ひそか》に薬を買いに行ってやったりしたことがあるということを、或るときそのお婆さんが愚痴話に吉田の母親をつかまえて話したことがあるといって、やはり母親は母親だということをいうのだった。吉田はその話には非常にしみじみとしたものを感じて平常のお婆さんに対する考えもすっかり変ってしまったのであるが、吉田の母親はまた近所の人の話だといって、そのお婆さんの死んだあとは例の親爺さんがお婆さんに代って娘の面倒をみてやっていること、それがどんな工合にいっているのか知らないが、その親爺さんが近所へ来ての話に「死んだ婆さんは何一つ役に立たん婆さんやったが、ようまああの二階のあがり下りを一日に三十何遍もやったもんやと思うてそれだけは感心する」といっていたということを吉田に話して聞かせたのだった。

そしてそこまでが吉田が最近までに聞いていた娘の消息だったのだが、吉田はそんなことをみな思い出しながら、その娘の死んで行った淋しい気持などを思い遣《や》っているうちに、不知不識《しらずしらず》の間にすっかり自分の気持が頼りない変な気持になってしまっているのを感じた。吉田は自分が明るい病室のなかにい、そこには自分の母親もいながら、何故《なぜ》か自分だけが深いところへ落ち込んでしまって、そこへは出て行かれないような気持になってしまった。

「やっぱり吃驚《びっくり》しました」

それからしばらく経《た》って吉田はやっと母親にそういったのであるが母親は、

「そうやろがな」

かえって吉田にそれを納得さすような口調でそういったなり、別に自分がそれをいったことについては何も感じないらしく、またいろいろその娘の話をしながら最後に、

「あの娘はやっぱりあのお婆さんが生きていてやらんことには、――あのお婆さんが死んでからまだ二月《ふたつき》にもならんでなあ」と嘆じて見せるのだった。

三

吉田はその娘の話からいろいろなことを思い出していた。第一に吉田が気がつくのは吉田がその町からこちらの田舎へ来てまだ何ヵ月にもならないのに、その間に受けとったその町の人の誰かの死んだという便りの多いことだった。吉田の母は月に一度か二度そこへ行って来る度《たび》に必ずそんな話を持って帰った。そしてそれは大抵肺病で死んだ人

の話なのだった。そしてその話をきいているとそれらの人たちの病気にかかって死んで行ったまでの期間は非常に短かかった。ある学校の先生の娘は半年ほどの間に死んでしまって今はまたその息子が寝ついてしまっていた。通筋《とおりすじ》の毛糸雑貨屋の主人はこの間まで店へ据《す》えた毛糸の織機で一日中毛糸を織っていたが、急に死んでしまって、家族が直ぐ店を畳んで国へ帰ってしまったそのあとは直《じ》きカフェーになってしまった。——

そして吉田は自分は今はこんな田舎にいてたまにそんなことをきくから、いかにもそれを顕著に感ずるが、自分がいた二年間という間もやはりそれと同じように、そんな話が実に数知れず起っては消えていたんだということを思わざるを得ないのだった。

吉田は二年ほど前《まえ》病気が悪くなって東京の学生生活の延長からその町へ帰って来たのであるが、吉田にとってはそれは殆《ほとん》どはじめての意識して世間というものを見る生活だった。しかしそうはいっても吉田はいつも家の中に引込んでいて、そんな知識というものは大抵家の者の口を通じて吉田にはいって来るのだったが、吉田はさっきの荒物屋《あらものや》の娘の目高《めだか》のように自分にすすめられた肺病の薬というものを通じて見ても、そういう世間がこの病気と戦っている戦の暗黒さを知ることが出来るのだった。

最初それはまだ吉田が学生だった頃、この家へ休暇に帰って来たときのことだった。帰って来て匆々《そうそう》吉田は自分の母から人間の脳味噌の黒焼を嚥《の》んでみないかといわれて非常に嫌《いや》な気持になったことがあった。吉田は母親がそれをおずおずでもない一種変な口調でいい出したとき、一体それが本気なのかどうなのか、何度も母親の顔を見返すほど妙な気持になった。それは吉田が自分の母親がこれまで滅多にそんなことをいう人間ではなかったことを信じていたからで、その母親が今そんなことをいい出しているかと思うと何となく妙な頼りないような気持になって来るのだった。そして母親がそれをすすめた人間から既に少しばかりそれを貰って持っているのだということを聞かされたとき吉田は全く嫌な気持になってしまった。

母親の話によるとそれは青物を売りに来る女があって、その女といろいろ話をしているうちにその肺病の特効薬の話をその女がはじめたというのだった。その女には肺病の弟があってそれが死んでしまった。そしてそれを村の焼場《やきば》で焼いたとき、寺の和尚《おしょう》さんがついていて、

「人間の脳味噌の黒焼はこの病気の薬だから、あなたも人助けだからこの黒焼を持っていて、もしこの病気で悪い人に会ったら頒《わ》けてあげなさい」

そういって自分でそれを取り出してくれたというのであった。吉田はその話のなかから、もう何の手当も出来ずに死んでしまったその女の弟、それを葬ろうとして焼場に立っている姉、そして和尚といっても何だか頼りない男がそんなことをいって焼け残った

骨をついている焼場の情景を思い浮べることが出来るのだったが、その女がその言葉を信じてほかのものではない自分の弟の脳味噌の黒焼をいつでも身近に持っていて、そしてそれをこの病気で悪い人に会えばくれてやろうという気持には、何かしら堪《た》えがたいものを吉田は感じないではいられないのだった。そしてそんなものを貰ってしまって、大抵自分が嚥まないのはわかっているのに、そのあとを一体どうするつもりなんだと、吉田は母親のしたことが取返しのつかないいやなことに思われるのだったが、傍にきいていた吉田の末の弟も、

「お母さん、もう今度からそんなことというのん嫌《いや》でっせ」

といったので何だか事件が滑稽になって来て、それはそのままに梟《けり》がついてしまったのだった。

この町へ帰って来てしばらくしてから吉田はまた首縊《くびくく》りの縄を「まあ馬鹿なことやと思うて」嚥んでみないかといわれた。それをすすめた人間は大和《やまと》で塗師《ぬしや》をしている男でその縄をどうして手に入れたかという話を吉田にして聞かせた。

それはその町に一人の鰥夫《やもめ》の肺病の患者があって、その男は病気が重《おも》ったまま殆《ほとん》ど手当をする人もなく、一軒の荒《あば》ら家《や》に捨て置かれてあったのであるが、とうとう最近になって首を縊《くく》って死んでしまった。するとそんな男にでもいろんな借金があって、死んだ

となるといろんな債権者がやって来たのであるが、その男に家を貸していた大家《おおや》がそんな人間を集めてその場でその男の持っていたものを競売にして後始末をつけることになった。ところがその品物のなかで最も高い値が出たのはその男が首を縊った縄で、それが一寸二寸という風にして買い手がついて、大家はその金でその男の簡単な葬式をしてやったばかりでなく自分のところの滞《とどこお》っていた家賃もみな取ってしまったという話であった。

吉田はそんな話を聞くにつけても、そういう迷信を信じる人間の無智に馬鹿馬鹿しさを感じない訳に行かなかったけれども、考えてみれば人間の無智というのはみな程度の差で、そう思って馬鹿馬鹿しさの感じを取り除いてしまえば、あとに残るのはそれらの人間の感じている肺病に対する手段の絶望と、病人たちの何としてでも自分のよくなりつつあるという暗示を得たいという二つの事柄なのであった。

また吉田はその前の年母親が重い病気にかかって入院したとき一緒にその病院へついて行っていたことがあった。そのとき吉田がその病舎の食堂で、何心なく食事した後ぼんやりと窓に映る風景を眺めていると、いきなりその眼の前へ顔を近づけて、非常に押し殺した力強い声で、

「心臓へ来ましたか?」

と耳打をした女があった。はっとして吉田がその女の顔を見ると、それはその病舎の患者の附添に雇われている附添婦の一人で、勿論そんな附添婦の顔触《かおぶれ》にも毎日のように変化はあったが、その女はその頃露悪的な冗談をいっては食堂へ集って来る他の附添婦たちを牛耳《ぎゅうじ》っていた中婆さんなのだった。

吉田はそういわれて何のことかわからずにしばらく相手の顔を見ていたが、直ぐに「ああなるほど」と気のついたことがあった。それは自分がその庭の方を眺めはじめた前に、自分が咳《せき》をしたということなのだった。そしてその女は自分が咳をしてから庭の方を向いたのを勘違いして、てっきりこれは「心臓へ来た」と思ってしまったのだと吉田は悟《さと》ることが出来た。そして咳が不意に心臓の動悸《どうき》を高めることがあるのは吉田も自分の経験で知っていた。それで納得の行った吉田ははじめてそうではない旨《むね》を返事すると、その女はその返事には委細かまわずに、

「その病気に利《き》くええ薬を教えたげまひょか」

と、また脅《おびや》かすように力強い声でじっと吉田の顔を覗《のぞ》き込んだのだった。吉田は一にも二にも自分が「その病気」に見込まれているのが不愉快ではあったが、

「一体どんな薬です？」

と素直《すなお》に聞き返してみることにした。するとその女はまたこんなことをいって吉田を

閉口させてしまうのだった。

「それは今此処《ここ》で教えてもこの病院では出来まへんで」

そしてそんな物々しい駄目をおしながらその女の話した薬というのは、素焼《すやき》の土瓶《どびん》へ鼠の仔《こ》を捕って来て入れてそれを黒焼にしたもので、それをいくらかずつか極《ご》く少ない分量を嚥《の》んでいると、「一匹食わんうちに」癒《なお》るというのであった。そしてその「一匹食わんうちに」という表現でまたその婆さんは可怕《こわ》い顔をして吉田を睨《にら》んで見せるのだった。吉田はそれですっかりその婆さんに牛耳られてしまったのであるが、その女の自分の咳に敏感であったことや、そんな薬のことなどを思い合せてみると、吉田はその女は附添婦という商売柄ではあるが、きっとその女の近い肉親にその病気のものを持っていたのにちがいないということを想像することが出来るのであった。そして吉田が病院に来て以来最もしみじみした印象をうけていたものはこの附添婦という寂しい女たちの群《むれ》のことであって、それらの人たちはみな単なる生活の必要というだけではなしに、夫に死別れたとか年が寄って養い手がないとか、どこかにそうした人生の不幸を烙印《らくいん》されている人たちであることを吉田は観察していたのであるが、あるいはこの女もそうした肉親をその病気で、なくすることによって、今こんなにして附添婦などをやっているのではあるまいかということを、吉田はそのときふと感じたのだった。

吉田は病気のためにたまにこうした機会にしか直接世間に触れることがなかったのであるが、そしてその触れた世間というのはみな吉田が肺病患者だということを見破って近づいて来た世間なのであるが、病院にいる一と月ほどの間にまた別なことに打《ぶ》つかった。

それは或る日吉田が病院の近くの市場へ病人の買物に出かけたときのことだった。吉田がその市場で用事を足して帰って来ると往来に一人の女が立っていて、その女がまじまじと吉田の顔を見ながら近づいて来て、

「もしもし、あなた失礼ですが……」

と吉田に呼びかけたのだった。吉田は何事かと思って、

「?」

とその女を見返したのであるが、そのとき吉田の感じていたことは多分この女は人違いでもしているのだろうということで、そういう往来のよくある出来事が大抵好意的な印象で物分れになるように、このときも吉田はどちらかといえば好意的な気持を用意しながらその女のいうことを待ったのだった。

「ひょっとしてあなたは肺がお悪いのじゃありませんか」

いきなりそういわれたときに吉田は少なからず驚ろいた。しかし吉田にとって別にそ

れは珍らしいことではなかったし、無躾《ぶしつけ》なことを聞く人間もあるものだとは思いながらも、その女の一心に吉田の顔を見つめるなんとなく知性を欠いた顔つきから、その言葉の次にまだ何か人生の大事件でも飛び出すのではないかという気持もあって、

「ええ、悪いことは悪いですが、何か……」

というと、その女はいきなりとめどもなく次のようなことをいい出すのだった。それはその病気は医者や薬では駄目なこと、やはり信心をしなければ到底助かるものではないこと、そして自分も配偶《つれあい》があったがとうとうその病気で死んでしまって、その後自分も同じように悪かったのであるが信心をはじめてそれでとうとう助かることが出来たこと、だからあなたも是非信心をして、その病気を癒《なお》せ——ということを縷々《るる》として述べたてるのであった。その間吉田は自然その話よりも話をする女の顔の方に深い注意を向けないではいられなかったのであるが、その女にはそういう吉田の顔が非常に難解に映るのかさまざまに吉田の気を測ってはしかも非常に執拗《しつよう》にその話を続けるのであった。そして吉田はその話が次のように変って行ったときなるほどこれだなと思ったのであるが、その女は自分が天理教の教会を持っているということと、そこでいろんな話をしたり祈禱《きとう》をしたりするから是非やって来てくれということを、帯の間から名刺ともいえない所在地をゴム版で刷ったみすぼらしい紙片を取り出しながら、吉田にすすめはじめる

のだった。丁度そのとき一台の自動車が来かかってブーブーと警笛を鳴らした。吉田は早くからそれに気がついていて、早くこの女もこの話を切り上げたらいいことにと思って道傍《みちばた》へ寄りかけたのであるが、女は自動車の警笛などは全然注意には入らぬらしく、かえって自分に注意の薄らいで来た吉田の顔色に躍起《やっき》になりながらその話を続けるので、自動車はとうとう往来《おうらい》で立往生《たちおうじょう》をしなければならなくなってしまった。吉田はその話相手に捕まっているのが自分なので体裁の悪さに途方に暮れながら、その女を促して道の片脇へ寄せたのであったが、女はその間も他へ注意をそらさず、さっきの「教会へ是非来てくれ」という話を急にまた、「自分は今からそこへ帰るのだから是非一緒に来てくれ」という話に進めかかっていた。そして吉田が自分に用事のあることをいってそれを断わると、では吉田の住んでいる町を何処《どこ》だと訊《き》いて来るのだった。吉田はそれに対して「大分《だいぶ》南の方だ」と曖昧《あいまい》にいって、それを相手に教える意志のないことをその女にわからそうとしたのであるが、するとその女はすかさず「南の方の何処、××町の方かそれとも○○町の方か」という風に退引《のっぴき》のならぬように聞いて来るので、吉田は自分のところの町名、それからその何丁目ということまで、だんだんにいって行かなければならなくなった。吉田はそんな女にちっとも嘘をいう気持はなかったので、そこまで自分の住所を打ち明かして来たのだったが、

「ほ、その二丁目の？　何番地？」

といよいよその最後まで同じ調子で追求して来たのを聞くと、吉田はにわかにぐっと癪《しゃく》にさわってしまった。それは吉田が「そこまでいってしまってはまたどんな五月蠅《うるさ》いことになるかもしれない」ということを急に自覚したのにもよるが、それと同時にそこまで退引《のっぴき》のならぬように追求して来る執拗な女の態度が急に重苦しい圧迫を吉田に感じさせたからだった。そして吉田はうっかりカッとなってしまって、

「もうそれ以上はいわん」

と屹《きっ》と相手を睨んだのだった。女は急にあっけにとられた顔をしていたが、吉田が慌《あわ》ててまた色を収めるのを見ると、それでは是非近々教会へ来てくれといって、さっき吉田がやってきた市場の方へ歩いて行った。吉田は、とにかく女のいうことはみな聞いたあとで温和《おとな》しく断ってやろうと思っていた自分が、思わず知らず最後まで追いつめられて、急に慌ててカッとなったのに自分ながら半分は可笑《おか》しさを感じないではいられなかったが、まだ日の光の新しい午前の往来で、自分がいかにも病人らしい悪い顔貌をして歩いているということを思い知らされた挙句《あげく》、あんな重苦しい目をしたかと思うと半分は腹立たしくなりながら、病室へ帰ると匆々《そうそう》、

「そんなに悪い顔色かなあ」

と、いきなり鏡を取り出して顔を見ながら寝台の上の母にその顚末《てんまつ》を訴えたのだった。するとと吉田の母親は、

「なんのお前ばっかりかいな」

といって自分も市営の公設市場へ行く道で何度もそんな目に会ったことを話したので、吉田はやっとその訳がわかって来はじめた。それはそんな教会が信者を作るのに躍起になっていて、毎朝そんな女が市場とか病院とか人のたくさん寄って行く場所の近くの道で網を張っていて、顔色の悪いような人物を物色しては吉田にやったのと同じような手段で何とかして教会へ引張って行こうとしているのだということだった。吉田はなあんだという気がしたと同時に自分らの思っているよりは遥かに現実的なそして一所懸命な世の中というものを感じたのだった。

吉田は平常よく思い出すある統計の数字があった。それは肺結核で死んだ人間の百分率で、その統計によると肺結核で死んだ人間百人についてそのうちの九十人以上は極貧者、上流階級の人間はそのうちの一人にはまだ足りないという統計であった。勿論これは単に「肺結核によって死んだ人間」の統計で肺結核に対する極貧者の死亡率や上流階級の者の死亡率というようなものを意味していないので、また極貧者といったり上流階

級といったりしているのも、それがどの位の程度までを指しているのかはわからないのであるが、しかしそれは吉田に次のようなことを想像せしめるには充分であった。

つまりそれは、今非常に多くの肺結核患者が死に急ぎつつある。そしてそのなかで人間の望み得る最も行き届いた手当をうけている人間は百人に一人もない位で、そのうちの九十何人かは殆《ほとん》ど薬らしい薬ものまずに死に急いでいるということであった。

吉田はこれまでこの統計からは単にそういうようなことを抽象して、それを自分の経験したそういうことにあてはめて考えていたのであるが、荒物屋《あらものや》の娘の死んだことを考え、また自分のこの何週間かのうけた苦しみを考えるとき漠然とまたこういうことを考えないではいられなかった。それはその統計のなかの九十何人という人間を考えてみれば、そのなかには女もあれば男もあり子供もあれば年寄《としより》もいるにちがいない。そして自分の不如意《ふにょい》や病気の苦しみに力強く堪《た》えてゆくことの出来る人間もあれば、そのいずれにも堪えることの出来ない人間も随分多いにちがいない。しかし病気というものは決して学校の行軍《こうぐん》のように弱いそれに堪えることの出来ない人間をその行軍から除外してくれるものではなく、最後の死のゴールへ行くまではどんな豪傑でも弱虫でもみんな同列にならばして否応《いやおう》なしに引《ひ》き摺《ず》ってゆく――ということであった。

――一九三二年一月――

瀬山の話

私はその男のことを思うといつも何ともいいようのない気持になってしまう。強《し》いていって見れば何となくあの気持に似てるようでもあるのだが——それは睡眠が襲って来る前の朦朧《もうろう》とした意識の中の出来事で物事のなだらかな進行がふと意地の悪い邪マに会う(一体あの歯がゆい小悪魔奴《め》はどんな奴なんだろう!)。こんなことがある——着物の端《はし》に汚ないものがついている、みんなとったはずだのにまだ破片がついている、怪しみながらまた何の気なしにとるとやはりついている、二、三度やっているうちに少しあせって来る、私はその朦朧とした意識の中でそれを洗濯する、それでも駄目だ、私は幻《まぼろし》の中で鋏《はさみ》をとり出してそこを切取る、しかし汚物の破片は私の逆上をせせら嗤《わら》いながら依然としてとれずにいる。——私はこの辺でもう小悪魔の意地悪い悪戯《いたずら》を感じるようにこの頃はなっているのだ。——ああこの悪戯に業《ごう》を煮《にや》したが最後、どんなに歯がみをしてもその小悪魔のせせら嗤いが叩き潰《つぶ》せるものか。要するに絶対不可能なのだ。ただほんの汚物の破片をとり去るだけのことが!

しかしそれが汚物ならまだいい。相手が人間だった時には、しかもそれが現実の人間を相手である時にはどんなにその幻はみじめだろう。こちらが二と出れば向うは三と出る、十と出れば平気で二十と出る、私はよくその呪《のろ》われた幻の格闘でいまわしい夜を送るのだが。

まあこのようなことは余計なことなのだ、今もいうとおり私はその男のことを思ってゆくうちにはきっと、このような、もう一息が歯がゆいような、あきらめねば仕方がないと思ってはみるもののあきらめるにはあまり口惜《くや》しいような、――苦しい気持を経験するのだ。

そういって見れば私はこうもいえるような気がする。一方はその男の澄みたい気持で、そしてもう一方は濁りたい気持である、と。そして小悪魔が味方しているのはこちらの方だ。私はこれまで、前者の方にあらゆる祈願をこめて味方して来た、そしてまたこれからも恐らくはそうであろうと思う。しかし私はもう単純には前者に味方するようにはなれなくなったように思う。

仮りに名を瀬山としておこう。

少し交際《つきあ》った人は誰でも瀬山の顔貌が時によって様々に変るのに驚いている。私の叔父に一人の酒精《アルコール》中毒者がいたが、私が思い出す叔父の顔にはほぼ三通りの型があるように思う。瀬山の顔貌はあらましにしても三通ではきかない。しかし叔父の顔の三つの型。――一つは厳粛な顔であって、酒の酔いが醒《さ》めている時の顔である。叔父はそんな時には彼の妻に「あなた」とか「下さい」とか切口上《きりこうじょう》で物を言った。皆も叔父を尊敬した、私なども冗談一ついえなかった。というのは一つにはその顔が直ぐいらいらした刺々《とげとげ》しい顔に変りやすかったからでもあるのだが。それが酒を飲みはじめると掌《たなごころ》をかえしたようになる。「あの顔！　まあいやらしい。」よく叔母は彼がロレツがまわらなくなった舌でとりとめもないことを（それは全然虚構な話が多かった。）口走っているのを見るといいいいした。顔の相好《そうごう》はまるで変ってしまってしまりがなくなり、眼に光が消えて鼻から口へかけてのだらしがまるでなく——白痴の方が数等上の顔をしている、私はいつもそう思った。それにつれて皆の態度も掌をかえしたようにかわるのだ。叔父の顔があんなにも変ったのも不思議であるが皆の態度がまたあんなにも変ったのはなおさらの不思議である。

も一つは弱々しい笑顔——私はこの三つの型を瀬山の顔貌の中に数えることが出来る。彼もやはり酒飲みなのである。しかし瀬山の顔貌はあらましにしても三つではきかない。全く彼の顔には彼の心と同じ大きな不思議がひそんでいる。

瀬山とてもこの世の中に処してゆくことがまるで出来ない男ではないのであるが、もともと彼の目安とする所がそこにあるのではないので、といっておしまいにはその、試験でいえばぎりぎりの六十点の生活をあのようにまで渇望するのだが。全く瀬山は夢想家といおうか何といおうか、彼の自分を責める時ほどひねくれて酷《こく》なことはなく——それもある時期が来なければそうではないので、またその時期が来るまでの彼のだらしなさほど底抜けのものはまたないのである。

彼は毎朝顔を洗うことをすらしなくなる。例えば徴兵検査を怠けたときいても彼にはありそうなことと思える。私は一度彼の下宿で酒壜《さかびん》に黄色い液体が詰められて、それが押入の中に何本もおいてあるのを見た。それは小便だったのだ。私はそれが何故臭くなるまで捨てられずにおいてあるのだろうと思った。彼はそうする気にならないのである。気が向かないのだ。

しかし一度嫌気《いやけ》がさしたとなれば彼はそれを捨て去るだけでは承知しないだろう。彼は真面目《まじめ》になって臭気に充《み》ちた押入を焼き払おうと思うにちがいない。彼は片方の極端にいて、その片方の極端でなければそれに代えるのを肯《がえん》じない、背後にあるのはいつも一見出来ない相談の厳格さなのだ――いやひょっと、その極端に移る気持があればこそあんな生活も送れるのではなかろうか。それともそれは最も深く企《たくら》まれた立退《たちの》きを催促に来る彼の心の中の家主《やぬし》に対する遁辞《とんじ》ではないのだろうか。もしそうにしてもそれは人間が出来る最高度の企《たくら》みだ、何故《なぜ》ならば人間ならば誰一人それが企みであるとは見破ることは出来そうもない、唯《ただ》、もしそんなことをいうのが許されるならば、神というもののみがそれを審判するだろう。

彼は後悔する、全くなんでもないことに。

彼は一度私にこういったことがある、――親というものは手拭《てぬぐい》を絞るようなもので、力を入れて絞れば水の滴《したた》って来ないことはない。彼は金をとることを意味していたのだ。

彼に父はなかった。父はさる官吏だったのが派手な生活を送ってかなりの借財と彼を頭《かしら》に数人の弟妹――それも一人は妾の子だったり一人は小間使《こまづかい》の子だったり、みな産褥《さんじょく》から直ぐ彼の家にひきとられたその数人の子供をのこして死んだのだった。その後は彼の母の痩腕《やせうで》一本が瀬山の家を支えていた。彼の話によれば彼の母ほどよく働く人はない、それも精力的なというよりも気の張りで働くので、それもみな一重《ひとえ》に子供の成長を楽しみにして、物見遊山《ものみゆさん》をするではなし、身にぼろを下げて機械のようになって働くというのである。

私は彼が母から煙草店をして見ようと思うがどうだという相談をうけたり、旅館の老舗《しにせ》が売物に出たから買おうと思うのだがとかいうような手紙が来ていたのを知っている。またある手紙は母よりと書いてあるのが消してあって改めて瀬山〇子と直してあったりした。それは彼をもう子とは思わないという彼の親不孝をたしなめた感情的な手紙だった。

私は幾度も彼がその母と一緒に一軒一軒借金なしをして歩いたという話を知っている。

しかしそれは話だけで一度もその姿を見る機会はなかったのだ。瀬山の母はそれだけの金を信用して瀬山に渡したりすることは勿論《もちろん》、店へ直接送ることすら危《あやぶ》んでいたらしい。往々其処《そこ》にさえ詭計《きけい》が張ってあったりしたのだから。しかしその頃はまだよかったといえる。七転《ななころ》び八起《やお》き、性《しょう》もこりもなく母は瀬山の生活の破産を繕《つくろ》ってやっていた。

本は質屋から帰って来る。新らしい窓掛は買ってもらった。洋服も帰って来た。私は冬枯れから一足飛びに春になった彼の部屋の中で、彼の深い皺《しわ》が伸びて話声さえ麗《うら》らかになったのを見てとる。――けたたましい時計のアラームが登校前一時間に鳴り、彼は仏蘭西《フランス》製の桃色の煉歯磨《ねりはみがき》と狸の毛の歯刷毛《はブラシ》とニッケル鍍金《めっき》の石鹸入《せっけんいれ》を、彼の言葉を借りていえば、棚の上の音楽的効果である、意装《いしょう》を凝《こら》した道具類の配置のハーモニーから取出し、四つに畳んだタオルを手拭籠《てぬぐいかご》の中から摑《つか》んで洗面場へ進出するのだ。彼はそのような尋常茶飯事《じんじょうさはんじ》を宗教的な儀式的な昂奮《こうふん》を覚えながら――しかもそれらの感情が唯《ただ》一方悠然《ゆうぜん》たる態度となって現れるのを許すのみで――執行するのだ。

私は瀬山についてこうもいえるように思う。彼は常に何か昂奮することを愛したのだと。彼にとっては生活が何時《いつ》も魅力を持っていなければ、陶酔を意味していなければならなかったのだ。

しかしその朝起きも登校もやがては魅力を失ってゆく。そして彼はまたいつもの陥穽《かんせい》へおち込むのだ。

それにしても彼が最近に陥《おちい》った状態は最もひどいものだった。彼にとっても私にとってもその京都の高等学校へ入って三年目、私は三年生にいたし、彼は二度目の二年生を繰返していた。——その時のことである。

私は彼が何故その時々あんなにも無茶な酒をのまなければならなかったかと考えて見る。

あるいはこうでもなかったろうか。

彼の生活はもう実行的な力に欠けた彼にとっては弥縫《びほう》することも出来ないほどあまりに四離滅裂《しりめつれつ》だったのだ。醒《さ》めている時にはその生活の創口《きずぐち》が口を真紅《まっか》にあけて彼を責めたてる。彼はその威嚇《いかく》に手も足も出なくなって、どうかして其処を逃げ出したいと思ってしまう。私は彼が常に友達——それも彼の生活が現在どうなっているか知らないような友達と一緒になりたがっていたのを知っている。彼はそれらの群《むれ》の中では、彼ら同様生活に何の苦しみもないような平然とした態度を装《よそお》ってみたり、(こうでもあったなら!)と思っている条件をそのまま着用したり、そしてそれが信用され通用することにある気休めを感じているらしかった。他人の心の中に第二の自己を築きあげる——そのことは彼の性格でもあった。現実の自分よりはまだしも不幸でないその第二の自己を眺めたり、また第二の自己に相当な振舞《ふるまい》を演じたりしてせめてもの心やりにしていた。――その頃は殆《ほとん》ど病的だったといえる。彼はまたその意味で失恋した男になりおおせたり、厭世家《えんせいか》になりおおせたりした。

彼にある失恋があったことはそれより以前に私もきかされていた。しかしともかくそれはもう黴《かび》の生《は》えたものだったのである。しかも彼はその記憶に今日の生命を吹き込んでそれに酔払《よっぱら》おうとした。彼は過去や現在を通じて、彼の自暴自棄を人目に美しいように正当化出来るあらゆる材料を引き出して、それを鴉片《あへん》とし、それをハッシッシュとしようとしたのだ。

とうとうお終《しま》いに彼の少年時代の失恋が、しかも二つも引き出されて来た。そして彼はその引きちぎって捨てられた昨日の花の花弁で新らしい花を作る奇蹟をどうやらやって見せたのだ。そればかりか、そんなことには臆病な彼がその中の一人に、恐らくは最初の手紙を書こうと真面目《まじめ》に思い込むようにさえなったのだ。

その頃彼はその恋人に似ているというある芸者に出会った。私は彼にそのことをきいたのだ。そして本気になってその方へ打込んでいった。――私は一体何時《いつ》彼が正真正銘《しょうしんしょうめい》の本気であるのか全く茫然としてしまう。恐らく彼自身にもわからないだろうと思う。しかし一体どんな人間がその正真正銘の本気を持っているだろうか――いや私はこんなことをいいたいのではなかった。しかし私は、恐らくはどんな人間もそれを持っていないということを彼をつくづく眺めているうちに知るようになったのだ。

彼はその本気でその芸者に通い始めた。私は覚えている。彼はその金を誰々の全集を買うとか、外国へ本を註文するとかいって、彼の卒業を泳ぎつくように待ち焦《こが》れている気の毒な母親から引き出していた。或る時はまた彼の尊敬していた先輩から借りてそれに充《あ》てていた。

彼がその芸者を偶像化していたのは勿論、三味線も弾《ひ》かせなければ冗談もいわず――それでいて彼は悲しい歌を！　悲しい歌を！　といって時々歌わせていたというのだが、とにかく話としては唯《ただ》彼の思っていた女が結婚しようとする。そしてその女はお前によく似ている。というようなことを粉飾していいいいしていたらしいのである。

私は二、三の人を通してそのことをきいていた。その中にはその芸者を買い馴染《なじ》んでいた一人もいた。その男から私はある日こんなことをきいた。

――その女子《おなご》はんがあてに似といやすのやそうどすえ。――

――あてほんまにあの人のお座敷かなわんわ――その芸者がその男に瀬山の話をしたのだそうなのだ。

その瞬間、私は何故《なぜ》か肉体的な憎悪がその男に対して燃えあがるのを感じた。何故か、訳のわからない昂奮が私を捕えた。

その頃から彼は益〻私の視野から遠ざかって行った。その後私は彼からその後の種々《いろいろ》な話をきかされたのを記憶している。やはりその挿話も彼の語るがためのものになっていたことは間違《まちがい》はないのだ。

私は今その挿話を試みに一人称のナレイションにして見て、彼の語り振りの幾分かを髣髴《ほうふつ》させようと思う。

檸檬《レモン》

恐ろしいことには私の心のなかの得体《えたい》の知れない嫌悪といおうか、焦燥といおうか、不吉な塊《かたまり》が――重くるしく私を圧していて、私にはもうどんな美しい音楽も、美しい詩の一節も辛抱出来ないのがその頃の有様だった。

全く辛抱出来なかったのだ――蓄音器をきかせてもらいにわざわざ出かけても――最初の二、三小節で不意に立ち上ってしまいたくなる。

それで始終私は街から街へ彷徨《ほうこう》を続けていたのだ。何故だかその頃私は見すぼらしくて美しいものに強くひきつけられたのを覚えている。風景にしても壊れかかった街だとか、その街にしても表通りを歩くより裏通りをあるくのが好きだったのだ。裏通りの空《あき》樽《だる》が転《ころが》っていたり、しだらない部屋が汚い洗濯物の間から見えていたり——田圃《たんぼ》のあるような場末だったら田圃の畦《あぜ》を伝《つた》っているとその空地《あきち》裏《うら》の美が転《ころが》っているものだ。田圃の作物の中でも黒い土の中からいじこけて生《は》えている大根葉が好きだった。

　私はまたあの花火という奴が好きになった。花火そのものは第二段として、あの安っぽい絵具が紙の一端に塗ってあって、それが花火にすると螺旋状《らせんじょう》にぐるぐる巻になっているのだ。本当に安っぽい絵具で、赤や紫や青や、鼠花火という火をつけるとシュシュといいながら地面を這《は》いまわる奴などが一ぱい箱に入っているところなど変に私の心を唆《そそ》ったのだ。私はまたあのびいどろという色硝子《いろガラス》で作ったおはじきが好きになったし、南京玉《なんきんだま》が好きになった。それをまた私は嘗《な》めて見るのが何ともいえない享楽だったのだ。あのびいどろの味ほど幽《かす》かな涼しい味があるものか。私は小さい時よくそれを嘗めて父や母に叱られたものだが——その幼時の記憶が蘇《よみがえ》って来るのか知ら、それを嘗めていると幽かな爽《さわや》かな詩美といったような味覚が漂って来るのだ。

　察しはつくだろうが金というものがまるでなかったのだし。——私の財布から出来る贅沢《ぜいたく》には丁度《ちょうど》持って来いのものなのだ。そうだ、外でもない、それの廉価《れんか》ということが、それにそんなにまでもの愛着を感じる要素だったのだ、——考えて見てもそれが一円にも価《あたい》するものだったら、恐らくそのような美的価値は生じて来なかっただろう。恐らく私はそれを金のかかる道具同様何ら興味を感じなかったに相違ない。

私はこうきいている。金持の婦人はある衣裳が何円だときいて買わなかった。しかしそれがそれの二倍も三倍もの価に正札《しょうふだ》がつけかえられて慌《あわ》てて買った。また骨董品《こっとうひん》などというものも値段の上下がその品質の高下を左右する傾きがありはしまいか。私はそれを馬鹿にするのでは決してない。唯《ただ》それが私の場合と同様なしかも対蹠的《たいせきてき》な場合として面白く思うのだ。

私はまた安線香《やすせんこう》がすきだった。

それも〇〇香とかいてあるあの上包《うわづつ》みの色が私を誘惑したのだ。それに第一、線香の匂いがどんなにいいものだかは君も知っているだろう。

――それで檸檬《レモン》の話なのだが、私はその日も例の通り友人の学校へ行ってしまって私一人ぽつねんと取残された友人の下宿からさまよい出したのだ。街から街へ――さっきもいったような裏街を歩いたり駄菓子屋《だがしや》の前で、極《きま》りのわるいのを辛抱して悪いことでもするように廉価な美を捜したり。――しかし何時《いつ》も何時も同じ物にも倦《あ》きが来る。ある時には乾物屋《かんぶつや》の乾蝦《ほしえび》や棒鱈《ぼうだら》を眺めたりして歩いていたのだ。

私が果物店を美しく思ったのは何もその頃に始まったことではなかったのだが私はその日も果物店の前で足を留めたのだ。私は果物屋にしても並べ方の上手な所と下手な所をよく知っていた。どうせ京都だし、ロクな果物屋などはないのだが――それでもいい店とわるい店の違いはある。しかしそれが並べ方の上手下手、正確にいえばある美しさが感ぜられる所とそうでない所と――それの区別には決してならないのだ。私は寺町二条の角にある果物店が一等好きだった。あすこの果物の積み方はかなり急な勾配《こうばい》の台の上に――それも古びた、黒い漆塗《うるしぬ》りの板だったと思う――こんな形容をしてもいいか知ら、何か美しい華やかな音楽のアレグレットの流れが――もしそんな想像が許されるなら、人間を石に化するゴルゴンの鬼面――的なものを差しつけられて、あんな色彩やあんなヴォリウムに凝《こ》り固《かた》まったという風に堰《せ》きとめられているのだ。も一つはあすこでは例の一山何銭の札がたててないのだ。私はあれは邪魔になるばかりだと思う。青物がやはり勾配の上におかれてあったかどうかは疑わしいが、しかし奥へゆけばゆくほど高く堆《うずたか》くなっていて、――実際あの人参葉《にんじんば》の美しさなどは素《す》ばらしかった。それから水につけてある豆だとかくわいだとか。

それにそこの家では――もう果物店としてはありふれた反射鏡が果物の山の背に傾き加減にたててあるのだ。――その鏡がまた粗悪極まるもので果物の形がおびただしく歪《ゆが》んでうつる。それが正確な鏡面で不確《ふたし》かな影像を映すよりどれだけ効果があるかは首肯《しゅこう》出来るだろう。

そこの店の美しさは夜が一番だった。寺町通《てらまちどおり》は一体に賑《にぎや》かな通りで飾窓の光がおびただしく流れ出しているが、どういう訳かその店頭のぐるりだけが暗いのだ——一体角《かど》の家のことでもあって、その一方は二条の淋しい路だから元より暗いのだが、寺町通にある方の片側はどうして暗かったのかわからない。しかしそれが暗くなかったらあんなにも私を誘惑するには至らなかっただろう。も一つはそこの家の廂《ひさし》なのだが、——その廂が眼深《まぶか》にかぶった鳥打帽の廂のようにかなり垂れ下っている——そしてその廂の上側——その家の二階に当る所からは灯が射して来ないのだ。そのためにその店の果物の色彩は店頭に二つほど裸のままで点《つ》けられている五十燭光ほどの光線を浴びるようにうけて——暗い闇の中に絢爛《けんらん》と光っているのだ。丁度精巧な照明技師がここぞとばかりに照明光線をなげつけたかのように。

これもつけたりだが、その果物店の景色はあの鎰屋茶舗《かぎやちゃほ》の二階から見るとそれもまたいい。私は鎰屋の二階の硝子戸越しにあの暗い深く下《おろ》された果物店の廂は忘れることが出来ない。

ところで私はまた序説が過ぎたようだ。

実はその日何時《いつ》ものことではあるしするので別に美しくも思わなかったのだが私はなにげなく店頭を物色したのだ。そして私は其処《そこ》に其処の家にはあまり見かけない檸檬がおいてあるのを見つけた。——檸檬などは極《ご》くありふれているが、その果物屋というのも実は見すぼらしくはないまでも極くあたり前の八百屋《やおや》だったのだから、そんなものを見つけることは稀だったのだ。

大体私はあの檸檬が好きだ。レモンエローの絵具をチューブから絞り出して固めたような、あの単純な色が好きだ。それからあの紡錘形《ぼうすいけい》の恰好《かっこう》も。それで結局私はその家で例の廉価な贅沢を試みたのだ。

私のその頃が例の通りの有様だったことをそこで思い出して欲しい。そして私の気持がその檸檬の一顆《いっか》で思いがけなく救われた、とにかく数時間のうちはまぎらされていた。——という事実が、逆説的な本当であったことを首肯して欲しいのだ。それにしても心という奴は不可思議な奴だ！

第一その檸檬の冷たさが気に入ってしまったのだ。その頃私は例の肺尖《はいせん》カタルのためにいつも身体に熱があった。——事実友達の誰彼に私の熱を見せびらかすために手の握り合いなどをしたのだが、私の手が誰のよりも熱かった。その熱い故だったのだろう、握っている掌《てのひら》から身内に滲《し》み透《とお》ってゆくようなその冷たさは快いものだった。

私は何度もその果実を鼻に持っていった。——それの産地のカリホルニヤなどを思い浮べたり、中学校の漢文教科書で習った売柑者之言の中に書いてあった「鼻を撲《う》つ」というような言葉を思い出したりしながら、ふかぶかと胸一杯に匂やかな空気を吸い込んだりした。——その故か身体や顔に温《あたたか》い血のほとぼりが昇ったりした。そして元気が何だか身内に湧いて来たような気がした。

実際あんな単純な冷覚や触覚や嗅覚や視覚が——ずっと昔からこればかり探していたのだといいたくなる位、私にしっくりしたなんて——それがあの頃のことなんだから。

私は往来を軽やかな昂奮に弾《はず》んで、誇りかな気持さえ感じながら——大輪《たいりん》の向日葵《ひまわり》を胸にさして街を濶歩《かっぽ》した昔の詩人などのことを思い出したりして歩いていた。汚れた手拭の上へのせて見たり、将校マントの上へ載せてみたりして色の反映を量《はか》って見たり、こんなことをつぶやいたり。

——つまりはこの重さなんだな。——

その重さこそ私が常々尋ねあぐんでいたものだとか、疑いもなくこの重みはすべての善いもの、美しいものとなづけられたものを——重量に換算して来た重さであるとか——思い上《あが》った諧謔心《かいぎゃくしん》からそんな馬鹿気たようなことを思って見たり、何がさて上機嫌だったのだ。

舞台は変って丸善《まるぜん》になる。

その頃私は以前あんなにも繁く足踏した丸善からまるきり遠ざかっていた。本を買ってよむ気もしないし、本を買う金がなかったのは勿論、何だか本の背革や金文字や、その前に立っている落ついた学生の顔が何だか私を脅《おびや》かすような気がしていたのだ。

以前は金のない時でも本を見に来たし、それに私は丸善に特殊な享楽をさえ持っていたものなのだ。それは赤いオードキニンやオードコロンの瓶《びん》や、洒落《しゃれ》たカットグラスの瓶や、ロココ趣味の浮《うか》し模様のある典雅な瓶の中に入っている、琥珀色《こはくいろ》や薄い翡翠色《ひすいいろ》の香水を見に来ることだったのだ。そんなものを硝子戸越《ガラスどごし》に眺めながら、私は時とすると小一時間も時を費したことさえある。

私は家から金がついた時など買ったことはほんの稀だったが、高価な石鹸や、マドロス煙管《パイプ》や小刀などを一気呵成《いっきかせい》に眼をつぶって買おうと身構える時の、壮烈なような悲壮なようなあの気持を味わう遊戯を試みるのも其処だった。それに私には画の本を見る娯《たの》しみがあったのだ。しかし私はその日頃もう画の本に眼をさらし終って後、さてあまりに尋常な周囲をみまわす時の変にそぐわない心持をもう永い間経験せずにいたのだった。

しかし変にその日は丸善に足が向いたのだ。

しかしそれまでだった。丸善の中へ入るや否や、私は変な憂鬱が段々たてこめて来るのを感じ出した。香水の瓶にも、煙管にも、昔のような執着は感ぜられなかった。私は画帳の重たいのを取り出すのさえ常に増して力が要《い》るな、と思ったりした。それに新しいものといっては何もなかった。ただ少なくなっているだけだった。しかし私は一冊ずつ抜き出しては見る、――そしてそれを開けては見るのだ。――しかし克明にはぐってゆく気持は更《さら》に湧かない。

しかも呪われたことには私は次の本をまた一冊抜かずにはいられないのだ。また呪われたことには一度バラバラとやって見なくては気がすまないのだ。それで堪《たま》らなくなってそこへ置く、以前の位置へ戻すことさえ出来ないのだ。――そうして私は日頃大好きだったアングルの橙色《だいだいいろ》の背皮の重い本まで、なお一層の堪《た》え難さのために置いてしまった。手の筋肉に疲労が残っている。――私は不愉快気《げ》にただ積み上げるために引き抜いた本の群《むれ》を眺めた。

その時私は袂《たもと》の中の檸檬《レモン》を思い出した。本の色彩をゴチャゴチャと積み上げ、一度この檸檬で試して見たらと自然に私は考えついた。

私にまた先ほどの軽やかな昂奮が帰って来た。私は手当り次第に積みあげ、また慌《あわただ》しく潰《つぶ》し、また築きあげた。新しく引き抜いてつけ加えたり、削りとったりした。奇怪な幻想的な城廓がその度《たび》に赤くなったり青くなったりした。

私はやっと、もういい、これで上出来だと思った。そして軽く跳り上る心を制しながらその城壁の頂きに恐る恐る据えつけた。

それも上出来だった。

見わたすと、その檸檬の単色はガチャガチャした色の階調を、ひっそりと紡錘形の身体の中へ吸収してしまって、輝き渡り、冴《さ》えかえっていた。私には、埃《ほこり》っぽい丸善の内の空気がその檸檬の周囲だけ変に緊張しているような気がした。私は事畢《おわ》れりというような気がした。

次に起ったなお一層奇妙なアイディアには思わずぎょっとした。私はそのアイディアに惚《ほ》れ込んでしまったのだ。

私は丸善の書棚の前に黄金色に輝く爆弾を仕掛に来た、奇怪な悪漢が目的を達して逃走するそんな役割を勝手に自分自身に振りあてて、――自分とその想像に酔いながら、後をも見ずに丸善を飛出した。あの奇怪な嵌込台《セッティング》にあの黄金色の巨大な宝石を象眼《ぞうがん》したのは正《まさ》に俺だぞ！　私は心の裡《うち》にそういって見て有頂天《うちょうてん》になった。道を歩く人に、その奇怪な見世物を早く行って見ていらっしゃい、といいたくなった。今に見ろ大爆発をするから。――――

……ね、とにかくこんな次第で私は思いがけなく愉快な時間潰《つぶ》しが出来たのだ。

何？　君は面白くもないというのか。ははは、そうだよ、あんまり面白いことでも

なかったのだ。しかしあの時、秘密な歓喜に充《み》たされて街を彷徨《うろつ》いていた私に、

——君、面白くもないじゃないか——

と不意にいった人があったとし給え。私は慌《あわ》てて抗弁したに違いない。

——君、馬鹿をいってくれては困る。——俺が書いた狂人芝居を俺が演じているのだ、しかし正直なところあれほど馬鹿気た気持に全然なるには俺はまだ正気過ぎるのだ。

＊

そして私は思うのである。

彼は何と現世的な生活のために恵まれていない男だろう。彼は彼の母がいなければとうに餓死しているか、何か情ない罪のために牢屋へ入れられている人間なのだ。どんなに永く生きのびても畢竟《ひっきょう》彼の生活は、放縦《ほうじゅう》の次が焼糞《やけくそ》、放縦—破綻《はたん》—後悔—の循環小数に過ぎないのではないか。

彼には外《ほか》の人に比べて何かが足りないのだ。いや与えられている種々のもののうちの何かが比例を破っているのだ。そのためにあの男はこの世の掟《おきて》が守れないのだ。

私は彼が確かにこれこれのことはしてはならないのだと知っていることを——踏みしだいてやってしまうその気持を考えて見るのだ。一体私たちが行為をする時は、それが

反射的な行為ではない限り――自分の心の中の許しを経なければ絶対にやれないものではないだろうか。

私はまた彼にこんな話をきいた。

＊

友人らの下宿を転々して、布団の一枚を貸してもらったり、飯を半分食べさせてもらったり、――そんな日が積ると私は段々彼らに気兼《きがね》をしなければならなくなった。それでいて独りでいるのが堪《たま》らない。結局は気兼をしながらも夜晩《おそ》く友達の下宿の戸を叩いたり、――この男はこの夜どうも私と一緒にいるのが苦になるらしいな！　とは思いながらも、また一方どうも俺はこの頃僻《ひが》み癖が昂《こう》じているようだぞ！　と思って見たり、様々に相手の気持を商量して、今夜の宿が頼めるかどうかを探って見る。

私は益ゝ気兼が昂じて来ると、益ゝ私の卑屈なことが堪らなくなり、一《いっ》そさっぱり自分の下宿へ帰って見よう――とその晩は(というのは或晩《ある》のこと)とうとう自分の下宿へ向けて歩いて行った。とはいうものの私の足はひどく渋りがちで、ふとするとあの真白い白川道《しらかわみち》の真中で立留ったりした。あの頃の私というのはこの頃考えて見ると神経衰弱だったらしい。身体も随分弱っていた。それで夜が寐《ね》つけないのだ――一つは朝、あまりおそくまで眠っている故《せい》もあった。しかし寐つく前になると極《きま》って感覚器の惑乱がやって来るのだ。それはかなり健康になったこの頃でもあるのだが、しかしその時のは時間にして見ても長時間だったし、程度にしても随分深かった。

それに思い出したくないと思っている家のこと、学校のこと、質屋のこと——別に思い出すまでもなくそれらの心労は生理的なものになって日がな一日憂鬱を逞《たくま》しゅうしていたのだが、それが夜になってさて独りになってしまうと、虫歯のようにズキンズキン痛み出すのだ。私はしかしその頃私を責め立てる義務とか責任などが、その厳《いか》めしい顔を間近に寄せて来るのを追い散らすある術を知るようになった。何でもない。頭を振ったり、声を立てるかすれば事は済むのだ。——しかし間近にはやって来ないまでも私はそれら債鬼が十重《とえ》二十重《はたえ》に私を取り巻いている気配を感じる、それだけは畢竟逃れることは出来なかった。それが結局は私を生理的に蝕《むしば》んで来た奴らなのだ。

それが夜になって独りになる。つくづく自分自身を客観しなければならなくなる。私は横になれば直ぐ寐ついてしまう快い肉体的な疲労をどんなに欲したか。五官に訴えて来る刺戟がみな寐静まってしまう夜という大きな魔物がつくづく呪われて来る。感覚器が刺戟から解放されると、いやでも応でも私の精神は自由に奔放になって来るのだ。その精神をほかへやらずに、私は何か素晴らしい想像をさそうと努めたり、難しい形而上学の組織の中へ潜り込まそうと努めたりする。そして「ああ気持よく流れ出したな」と思う隙《ひま》もなく私の心は直ぐ気味のわるい債鬼にとっ捕《つか》まっているのである。私は素早くそいつを振りもぎって、また「幸福とは何ぞや！」と自分自身の心に乳房を啣《ふく》ませる。しかし結局は何もかも駄目なのだ。——そのような循環小数を、永い夜の限りもなく私は喘《あえ》ぎ喘ぎ読みあげてゆくに過ぎない。

そうしている中《うち》には私の心も朧《おぼ》ろ気《げ》にぼやけて来る、——しかしそれが明瞭に自認出来る訳ではないが。その証拠には、仕事が閑《ひま》になった感覚器どもの悪戯《いたずら》といおうか、変な妖怪がこのあたりから跳梁《ちょうりょう》しはじめる。ポオの耳へ十三時を打ってきかせたのも恐らくはこの輩《やから》の悪戯ではなかったろうか。不思議にも私には毎晩極《きま》ったように母の声がきこえた。何をいっているのかは明瞭《はっき》りしないが、何か弟に小言《こごと》を言っているらしい。母はよくこせこせいう性《たち》なのだが、何故また極ったように毎晩そんな声がきこえて来たのだろう。初め私にはそれが堪らなかった。——しかし段々私はそれを喜ぶようになった。怪しくも慕《したわ》しくもあった。何故といえば、それは睡《ねむ》りのやって来る確実な前触《まえぶれ》を意味していたからなのだ。時とすると私は呑気《のんき》にもその声が何を一体言っているのだろうと好奇心を起して追求して見るのだが、さてそれは大きな矛盾ではないか。

私の耳の神経が錯乱をおこしているのに、私の耳がそれをきこうとあせるのだ。自分の歯で自分の歯に嚙みつこうとしているような矛盾。私はそれでも熱心になって聴耳《ききみみ》を欹《た》てる。私はその声が半分は私の推測に従って来るらしい。——といってそれもはっきりしないが、つまりはいつまで経《た》ってもはっきりしないままでそれは止《や》んでしまうのだ。私は何といっていいかわからないような感情と共に取残されてしまう。

そんなことから私は一つの遊戯を発見した。これもその頃の花火やびいどろの悲しい玩具乃至《ないし》は様々の悲しい遊戯と同様に私の悲しい遊戯として一括されるものなのだが、これはこの頃においても私の眠れない夜の催眠遊戯であるのだ。

閴《げき》として声がないといっても夜には夜の響がある。とおい響きは集ってぼやけて、一種の響を作っている。そしてその間に近い葉擦《はず》れの音や、時計の秒を刻む音、汽車の遠い響や、汽笛も聞える。私の遊戯というのはそれらから一つの大聖歌隊を作ったり、大管絃楽団を作ることだった。

それは丁度ポンプの迎え水というような工合《ぐあい》に夜の響のかすかな節奏《リズム》に、私の方の旋律《メロディー》を差し向けるのだ。そうしている中に彼方《かなた》の節奏《リズム》は段々私の方の節奏《リズム》と同じに結晶化《クリスタライズ》されて来て、旋律が徐々に乗りかかってゆく。その頃合《ころあい》を見はからってはっと肩をぬくと同時にそれは洋々と流れ出すのだ。それから自分もその一員となり指揮者となり段々勢力を集め、この地上には存在しないような大合唱隊を作るのだ。

このような訳で私が出来るのは私がその旋律を諳《そら》んじているものでなければ駄目なので、その点で印象の強かった故か一高三高大野球戦の巻は怒号、叫喚《きょうかん》、大太鼓《おおだいこ》まで入るほどの完成だった。それに比べて、合唱や管絃楽は、大部分蓄音器の貧弱な経験しか持たないのでどうもうまくはゆかなかった。しかし私はベートオーフェンの「神の栄光《エーレ・ゴッテス》……」やタンノイザーの巡礼の合唱を不完全ながら聞くことが出来たし、ベートオーフェンの第五交響楽は終曲《フィナーレ》が一番手がかりのいいことを知るようになった。しかしヴァイオリンやピアノは最後のものとして残されていた。

時によっては、独唱曲を低音の合唱に演繹《えんえき》し、次にそれの倍音を探りあて、ただそれにのみ注意を集めることによって私はネリイ・メルバが胸を膨《ふく》らまし、テトラッチニが激しく息を吸込むのが髣髴《ほうふつ》とするほどの効果を収めた。おまけに私は拍手や喝采《かっさい》のどよもしを作って喜んでいた。しかし全く出鱈目《でたらめ》な中途でこれが出て来たりした。出鱈目はそれどころではなかった。寮歌の合唱を遠くの方に聞いている心持の時、自分の家の間近の二階の窓に少女が現われて、それに和している――そんな出鱈目があった。あまり突飛《とっぴ》なので私はこの出鱈目だけを明瞭《はっき》り覚えている。まるで思いがけない出鱈目が不意に四辻から現われ私の行進曲に参加する。また天から降ったような気紛《きまぐ》れがやって来る。――それらのやって来方が実に狂想的で自在無碍《じざいむげ》なので私は眩惑《げんわく》されてしまう。行進曲は叩き潰されてしまい、絢練《けんれん》とした騒擾《そうじょう》がそれに代るのだ。――私はその眩惑をよろこんだ。一つは眩惑そのものを、一つは間近な睡眠の予告として。

感覚器の惑乱は視覚にもあった。その頃私は昼間にさえそれを経験した。ある昼間、私はその前晩《まえのばん》の泥酔とそれから――いやな話だが泥酔の挙句《あげく》宮川町へ行ったのだ。私はすっかり身体の調子を狂わせて白日《はくじつ》娼家の戸から出て来た。あの泥酔の翌日ほど頭の変な時はない。七彩《なないろ》に変る石鹸玉《シャボンだま》の色のように、倏忽《しゅくこつ》に気持が変って来る。

胃腑《いのふ》の調子もその通りだ――なにか食べないではいられないようないらいらした食欲が起る。私はその駄々っ子のような食慾に色々な御馳走を心で擬《ぎ》して見る。一つ一つ、どれにもかぶりを振らないのだ。それでいて今にも堪《たま》らないように喚《わめ》く。(私にはこんな癖がある。私が酒に酔うと、よく、酒を飲む私に対して酒に虐《しいた》げられる私を想像する。そして私はこの犠牲者にぺこぺこお辞儀をしたり、悪いのはわかっているがまあ堪忍《かんにん》してくれといって心の中で詫びたり、そんなことをするのだ。)そう思って見ると私がこの括弧《かっこ》のあちら側で、私の胃腑を擬人的に呼んでいるのも万《まん》ざら便宜のためばかりでもないのだ。――そこで虐げられた胃腑はもう酔《よい》の醒《さ》めた私にやけになって無理をいいはじめる。

——若葉の匂いや花の匂いに充《み》ちている風のゼリーを持って来いとか、何か知らすかすかと歯切れのする、といってもそれだけではわからないが、何しろそんなものが欲しいのだとか。また急に、濁ったスープを！　濁ったスープを！　といい出す。しかし私がその求めに応ずべく行動を開始し出すと、あそこのは厭《いや》だなあ！　とか、もう嫌いになった、反吐《へど》が出そうだ、とか。——私は前夜の悪業をつくづく後悔しながら白日の街の中ほどに立って全く困却してしまうのだ。

今註文したばかりの料理が不用になったり、食いはじめても一箸《ひとはし》でうんざりしたり、無茶酒《むちゃざけ》の翌日といえば私は結局何も食わずに夕方まで過すか、さもなければ無理やりに食ってお茶を濁すのが関の山なのだ。

情緒が空の雲のように、カメレオンの顔のように姿をかえ色を変えるのもその時だ。英雄的な気持に一時なったかと思うと私はふと鼻緒《はなお》に力が入り過ぎているのに気がつく——と思っている間にも私の心は忽《たちま》ち泣けそうになって、眼頭《めがしら》に涙をこらえる。お祭の行列が近所を通る気配のようなものを感じるかと思えば——鴨川の川淀《かわよど》の匂いにさえ郷愁といったような気持にひき込まれる。それでいては、何か大きな失策をしているのにそれが思い当らないような気持になる。それは饐《す》えた身体から醗酵するにはあまりに美しく澄んでいて、いい音楽に誘われでもしなくてはとても感ぜられないような涙ぐましい気持である。

ともすればそのまま街上で横になりたいような堪らない疲労と、腋《わき》の下を気味悪く流れ伝って来る冷汗。酒臭い体臭やべとべとまつわりつく着物。それは何という呪われた白昼だ。

丁度その日も私はそのような状態で花見小路の方から四条大橋の方へ丁度にびきの看板の下あたりまでやって来たのだ。

その時私はふと、天啓とでもいいたいような工合《ぐあい》に、ありあり弟の顔を眼の前に浮べたのだ。しかしそれが不思議なことには丁度五、六年前の弟の顔だ。白い首からの前だれをかけて飯を食っている。どんな訳があるのか弟はしかめっ面《つら》をして泪《なみだ》をポロッポロッ滾《なが》している。その涙が頰《ほお》から茶碗の中へ落ち込むのだ。しかも一体どうしたというのか弟は強《し》いられたもののように、また口惜《くや》しまぎれのようにガツガツ飯を食っているのだ。――今こそ私はその事実だけを覚えているだけで、弟の五年前の顔など思い出せはしないのだが、その時はその五年前の顔ばかりが浮んで来るのだ。いくら今の顔を思い出そうと努めてもその顔、しかもその歪んだ顔が出て来るばかりなのだ。

一体何の因果だ！　私はその日一日それが何を意味するのか、ひょっとして何かの前兆なのじゃないのかなどと思って悩まされ通したのだ。（私はその顔をもう一度その夜だったか、その翌晩だったか、——例の精神の大禍時《おおまがとき》の幻視に見た。）

何しろその頃は変なことがちょいちょいあった。ある時は京阪電車にのっていて、私の坐っている向側《むかいがわ》の、しめ切った鎧戸《よろいど》を通して外の景色が見えて来た。一体私はその辺の風景をよく覚えていたのだが、それがまるで硝子戸《ガラスど》越しに見ているように、窓の外の風景が後へ後へと電車の走るのにつれてすさってゆくのだ。大方私はクッションの上で寐《ね》ぼけていたのかも知れない。しかし気がついてみて驚いた。とはいうものの、私一流にそれがまた享楽でもあったのだ。

丁度その頃は百万遍《ひゃくまんべん》の銭湯で演じた失策談が友人の間で古臭くなって来た時分だった。私は直ぐそれを友人たちに吹聴《ふいちょう》してまわった。銭湯での失策というのも確か泥酔の翌朝だった。私は湯から上って何の気なしにそこに備えてあった貫々《かんかん》に乗って目方をはかって見たのだ。私は十三貫の分銅《ふんどう》をかけておいて、目盛の上の補助分銅を動かしていた。その頃の私は量《はか》る度《たび》に身体の目方が減って来ていたのだが、不思議にもその補助分銅は前の日の目盛を通り過ぎて百匁《もんめ》二百匁と減じてゆくのに——それをまた私は蟻の歩みのようにほんの少しずつ、少しずつ、難しい顔をして動かしていたのだ。——三百匁四百匁とへらしているのに、片方の分銅の方は一向《いっこう》あがって来ない。私のその時の悲しさと怪訝《けげん》の念を察して見るがいい。私は、もうこれは変だと、とうとう思い出したのだ。

もう君にもわかっているだろう。私は貫々の上へ乗らずに板敷の上にいたままそれをやっていたのだ。

気がついて、しまったと思うと同時に私は顔があかくなった。しかし人がそれを見ていなかったと気が附いた後も、私は一切れの笑いさえ笑えなかったのだ。——私は前と同じ、これは変だぞという疑《うたがい》をみじめにも私自身に向けなければならなくなったのだ。私の顔の表情が固くこびりついてしまった。私はその自分自身に向けられた疑いが一落《ひとおち》附《つ》きするまで——それには一日二日かかったが、友達一人にさえそのことは話せなかった。私はやっと一落附きになってから、俺は変だと皆に触れて歩いたのだが。

何しろこんな時代だ。逢魔《おうま》が時《とき》の薄明りに出て来る妖怪が栄えたのに無理もないことは君もわかってくれるだろう。

夜の幻視にもいろいろあった。しかし幻視といっても眼をあけている時に見えるようなものでは決してなかった。突飛《とっぴ》なのだけは忘れない。

こんなのがあった。セザンヌの画集の中で見る、絵画商人かなにかのタンギイ氏の肖像がある時出て来た。その画では日本の浮世絵を張りつけた壁のようなものが背景になっていて、人物はこの頃文学青年がやっているように丸く中折《なかおれ》の上を凹ませたのを冠《かぶ》り、ひげの生えた顔を真正面にしている。私はその人物が画の中から立ち上って笑い出すのを見たのだ。どうしてタンギイ氏の肖像などが出て来たのだろうか、何かの拍子で私がそれを思出すと同時に、眼前に髣髴《ほうふつ》として来て、動き出したのじゃないか。——どうもそう思うのが正当らしい。幻視も不意に出《で》鱈目《たらめ》をやり出すのだ。

こんなこともあった。

例のもやもやとした気持の混乱を意識し出した最中に、「今だ！　枕をつかんでうつぶせになり、深い渓谷を覗《のぞ》くような姿勢をして見ろ！」と不意に自分自身に命じたのだ。私は次の瞬間そうしていた。すると丁度《ちょうど》私はヨセミテの大峡谷の切尖《きっさき》に身を伏せて下を見下ろす時はさもあろうかと思われたほど、唯ならない胸の動悸《どうき》と、私を下に引摺《ひきず》るようにも思える高層気流と、高い所から見下ろす時の眩暈《めまい》を感じた。私は手品師がハッ！　ハッ！　と気合をかけて様々の不思議を現出せしめるように、やはりそのハッハッという気合がどっかから聞こえて来るような気持で寝床の上を海老《えび》のように跳《は》ねて——奈落に陥《お》ちる気持やら何やら様々の気持を身内に感じたのもその頃の夜中の事だった。

君には多分こんな経験があるだろう。——私の力ではそれがどうしても口では伝えることが出来ないのだが、——もし君がそれを経験しているのだったら、あるいはこのような甚《はなは》だ歯がゆい言い方だがそれで、「ああそれそれ！」と相槌《あいづち》を打ってくれるだろうと思う。
経験しながら探っていると、一度何かで経験したことのある気持であるにちがいないという気がする、触感からであったか、視覚からであったか、それが思い当れば、それらを通してその気持を説明出来るのだが、しかし見す見すそれが思い浮ばないのだ。子供の時ではそれが風邪などで臥《ふ》せっている時の夢の中へ出て来た。私が覚えているのは――

涯《はて》しもない広々とした海面だ、――海面だというのはむしろ要《かなめ》ではない。何しろ涯しもない涯しもない、涯しもなく続いている広い広いそれこそ広い――「ずーっと」という気持、感じがそれなのだ、――それが刻々に動いているようでもあり、私が進んでいるようでもあり――遂にはそのあまりの広袤《こうぼう》が私の心を圧迫し、恐怖させるようにまでなる。

病気の時の夢に見た経験を私は醒《さ》めていて、もう毎晩繰りかえすようになった。同じようなことは以前にもあった。しかしその頃はそれが単なる気持の認識(?)では止まらないほどの性悪《しょうわる》なものになってしまっていた。

劫初《ごうしょ》から末世《まっせ》まで吹き荒《すさ》ぶといおうか、量《はか》りしられない宇宙の空間に捲《ま》き起る、想像も出来ないような巨大な颶風《ぐふう》が私を取巻いて来たのを感じはじめる。それがある流れを形作っていて、急に狭い狭い――それまた想像も出来ないような狭さに収斂《しゅうれん》するかと思うと再び先ほどの限りもない広さに拡《ひろが》るのだ。その変化の頻繁さは時と共に段々激しくなり、収斂、開散に伴う変な気持も刻一刻強くなってくる。もしその時に自分自身の寝ている姿が憶《おも》い浮んで来ると、その姿はその流れの中に陥《お》ち、その流れの通り収斂、開散をする。その大きさを思うと実に気味がわるい。ゴヤの画に出て来る、巨男《おおおとこ》が女を食っている図や、大きな鶏が人間を追い散らしている図、規模は小さいが、ちょっとあれを見た時の気持に似ているようにも思われる。

また自分自身の眼から自分の足さきまでの距離を浮べて見る、それがまたその流れに随《したが》って伸縮すること前どおりだ。

しかし何も憶い浮べないでもその気持は、機械の空廻《からまわ》りと同じで、形の見えない、形の感じというようなものの大きな空廻りをやっている。

私はそれが増大してゆくにつれて恐ろしくなって来る。気が狂いそうに、よほどしっかりしてないとさらってゆかれるぞと思う。――そしていよいよ堪《た》え切れなくなると私は意識して、ああああと声を立てて、そこから逃れるのが習慣になってしまった。私は寝るまでには必ずそのああああをやるようになったのだ。

随分話が横にそれてしまったが、これが今もいう精神の大禍時《おおまがとき》の話なのだ。

させていったように、このような妖怪どもはかえって消極的な享楽にさえその頃は変えられていたのだ。――いったようにその間だけでも私は自分の苦しい思い出から逃れられた訳だし、またそれが睡眠の約束であったからだ。

しかしこれがなかなかやって来ない。真夜中過ぎて三時四時頃までも私は寝床の中で例の債鬼どもの責苦《せめく》にあわなければならないのだ。

そんな夜を、どうして私は自分の下宿の自分の部屋で唯一人過すようなことが出来よう。

――ここで私が私の下宿へ帰る所だったことを思い出してもらいたい。話はそこへ続いてゆく。

その当時私の下宿は白川《しらかわ》にあった。私は殆《ほとん》ど下宿の払いをしなかった。それが一学期に一度になったり、正確にいえば改悛期が来るまで滞《とどこお》らせておいた。初め私の借金はその改悛期の法定期間というようなものを勤めあげるかあげない裡《うち》にそろそろ始り出す。それが苦になる頃にはまず大きなかさになっている。学校の欠席もその通りで、新学期のはじめ一月《ひとつき》間は平気で欠席する。そしてまだ平気だ、まだ平気だといっているうちにその声にどうやら堆高《うずたか》いブランクの圧迫を捩《ね》じ伏せようとするような調子を帯びて来る。

私は一日一日、自分の試みようと思う飛躍の脛がへなへなとなってゆくのを忌々《いまいま》しく思う。昨日が十の努力を必要としたような状態だとすると今日はまた一日遅れただけの十一の努力を必要とする。しかし私はまだ自信を持っている。しかし一日勉強にとりかかって見ると勉強というものが実に辛い面倒なことだと思う。そして私の自信が少し崩されて私は不愉快な気持でそれをやめて、次のベター・コンディションの日を待つのだ。そうして私は藻掻《もが》きながら這《は》い出られない深みへ陥《お》ちてゆく。そして段々やけの色彩を帯びて来る。

当時、私はもうその程度を超えていた。借金と試験の切迫――私はそれが私の回復力に余っていることを認めてはいながらしかもそれに望みをかけずにはいられなかった。何故《なぜ》といって、それまでに私は幾度もそのような破産で母を煩《わずら》わせていて、この度《たび》というこの度はいくら私が厚顔《あつかま》しくてもそれが打ちあけられる義理ではなくなっていたし、もしその試験がうけられなければその学年は落第しなければならないしかも前年に一度落第したのだからそれを繰返えすようなことがあっては私は学籍から除かれなければならないのだった。

しかしその重大な理由も私のような人間にとっては飛躍の原動力とはならなかった。それが重大であればあるだけ私の陥ち込み方はひどくなり、私の苦しみは益々烈しくなって行った。

丁度《ちょうど》木に実った林檎《りんご》の一つで私はあった。虫が私を蝕《むしば》んでゆくので他の林檎のように真紅《まっか》な実りを待つ望みはなくなってしまった。早晩私は腐って落ちなければならない。しかしおちるにはまだ腐りがまわっていない。それまで私は段々苦しみを酷《ひど》くうけながら待たなければならない。しかし私は正気でそれを受けるには余りに弱い。とうとう終《しま》いに私は腐らす力の方に加名する。それと同時に自分自身を麻痺《まひ》させなければならない。借金がかさんで直接に債権者が母を仰天《ぎょうてん》さすまで、また試験が済んで確実に試験がうけられなくなったことを得心《とくしん》するまで――私は自分の感情に放火《つけび》をして、自分の乗っている自暴自棄の馬車の先曳《さきび》きを勤め、一直線に破滅の中へ突進して、そして摧《くだ》けて見よう。始まれるものなら、そこから始めよう。――その頃私はそういう風な狂暴時代にいたのだ。

下宿はすでに私のための炊事は断った。ひと先ず払いをしてくれ。そして私の前へ三ヵ月ほどの間の借金の書きものが突き出された。

そして下宿は私の部屋の掃除さえしなくなったのだ。

私が最後に下宿を見棄てた時、私の部屋には古雑誌が散乱し、ざらざらする砂埃《すなぼこ》りがたまり寝床は敷っ放し、煙草《タバコ》の吸殻と、虫の死骸が枕元に散らかされているような状態だった。そして私は二週間も友人の間を流転していたのだ。

そんな部屋へその夜どうして帰る気など起るものか。そんな夜更《よふ》けに夜盗《やとう》のように錠前をこじあけ、帰って見た処で義務を思い出させるものに充満し、汚れ切っている寝床の中で直ぐ寝つける訳でもない。それにいつかのように布団《ふとん》の間で鼠が仔《こ》を産んでいたりしたら。私はあれやこれやと思いながら白川道《しらかわみち》をとぼとぼ下宿の方へ歩いていた。

私は病みかつ疲れていた。汚れと悔いに充《み》たされたこの私は地の上に、あらゆる荘厳と、豪華は天上に、——私はそんなことを思うともなく思いながら、真暗な路の上から、天上の戴冠式とも見える星の大群飛《だいぐんぴ》を眺めた。

私はその時ほどはっきり自分が独りだという感じに捕えられたことはない。——それは友達に愛想尽《あいそづか》しをされているための淋しさでもなかったし、深夜私一人が道を辿《たど》っているというその一人の感じでもなかった。情ないとか、淋しいとか、そのような人情的なものではなく、——何といったらいいか、つまり条件的《コンディショナル》ではない絶対的《アブソリュート》な寂寥《せきりょう》、孤独感——まあそのようなものだった。私はいつになったらもう一度あのような気持になるのかと思って見る。

その次に私はふと母のことを思い出したのだ。私は正気で母を憶《おも》い出すのは苦しい堪《たま》らないことだったのだ。しかも私はどういう訳かその晩は、もし母が今、この姿の、この私を見つけたならば、息子の種々な悪業など忘れて、直ぐ孩児《おさなご》だった時のように私を抱きとってくれるとはっきり感じた。――そしてそんなことをしてくれる人は母が一人あるだけだと思った。――私はその光景を心の中で浮べ、浮べているうちに胸が迫って来て、涙がどっとあふれて来た。

――私は『生ける屍《しかばね》』のフェージャが、自分は妻に対して済まないことをする度ごとに妻に対する愛情が薄らいだというような意味のことをいっているのを知っている。私も友人や兄弟などにはその気持を経験した。丁度舟に乗った人が櫂《かい》で陸を突いたように、おされた陸は少しも動かず、自分の舟が動いて陸と距《へだた》るという風に――自分の悪業は超えられない距りとなってしまう。しかし母との間は丁度つないだ舟のようなもので、押せば押すほど、その綱の強いことがわかるばかりなのだ。

しかしそんな談理では勿論《もちろん》ない。――あとからあとから、悲しいのやら有難いのやらなんともつかない涙が眼から流れ出て来たのだ。

しかしその頂点を過ぎると涙も収《おさま》り気持は浪《なみ》のように退《ひ》いて行った。

私は自分が歩むともなく歩んでいたのを知った。心の中は見物が帰って行った跡の劇場のように空虚で、白々《しらじら》していた。身体は全く疲れ切って、胸はやくざなふいごのように、壊れていることが恐れではなく真実であることを教えるようにぜいぜい喘《あえ》いでいるのだ。

あと一丁ほどが、早く終ってほしいような、それでいてまたそれと反対の心が私の中に再び烈しく交替した。――しかも私の足は元の通りぎくしゃくと迭《たが》いに踏み出されている。

何とまあ情ないことだ、この俺が、あのじたばた毎日やけに藻掻《もが》いていた苦しみの、何もかもの総決算の算盤玉《そろばんだま》から弾《はじ》き出されて来た俺なのか。

私は何だか母が可哀《かわい》そうに思ってくれるよりもこの私自身がもう自分という者が可哀そうで堪《たま》らなくなって来た。

私はもう何にも憤《いきどお》りを感じなかったし悔いも感じなかったし嫌悪《けんお》も感じなかった。

そして深い夜の中で私は二人になった。

「お前は可哀そうな奴だな。」と一人の私がいうのだ。も一人の私は黙って頭をうなだれている。

「一体お前のやったことがどれだけ悪いのだ」

「あゝあ。可哀そうな奴。」

そして一人の私が大きいためいきをつくともう一人の私も微《かす》かにためいきをつく。

そして私は星と水車と地蔵堂と水の音の中を歩み秘めていたのだ。

私は眼をあげた。ずっと先ほどから視野の中にあったはずの私の下宿を私ははじめて見た。

学生あて込みのやくざ普《ぶ》しんのバラックのように細長くそして平屋《ひらや》の私の下宿を。

私には心が二人に分れていたことの微《かす》かな後味が残っていた。――ふとその時また私に悲しき遊戯の衝動が起った。

この夜更《よふ》けに、この路の上で、この星の下で、この迷い犬のような私の声が一体どんなに響くものなんだろうか。皺枯《しわが》れているだろうか、かさかさしてるのか知ら、冥府《めいふ》から呼ぶというような声なのか知ら。――そう思っているうちにも私は自分自身が変な怪物のような気がして来た。私がここで物を言っても、たとえそれが言っているつもりでも、その実は何か獣が悲しんで唸《うな》っている声なのじゃないか――一体何故《なぜ》アといえば、あの片仮名のアに響くのだろう。私は口が発音する響きと文字との関係が――今までついぞ疑ったことのない関係が変挺《へんてこ》で堪らなくなった。

「一体何故(イ)といったら片仮名のイなんだろう。」

私は疑っているうちに私がどういう風に疑って正当なのかわからなくさえなって来た。

「(ア)、変だな、(ア)。」

それは理解すべからざるもので充《み》たされているように思えた。そして私自身の声帯や唇や舌に自信が持てなくなった。

それにしても私が何とかいっても畜生の言葉のように響くのじゃないかしら、つんぼが狂った楽器を叩いているように外《ほか》の人に通じないのじゃないか知ら。

身のまわりに立ち罩《こ》めて来る魔法の呪いを払い退《の》けるようにして私の発し得た言葉は、「悪魔よ退け！」ではなかった。

外でもない私の名前だったのだ。

「瀬山！」

私は私の声に変なものを味わった。丁度真夜中自分の顔を鏡の中で見るときの鬼気が、声自身よりも、声をきくということに感ぜられた。私はそれにおっ被《かぶ》せるように再び、「瀬山！」といって見た。その声はやや高く*fuga*《フーガ》のように第一の声を追って行った。その声は行灯《あんどん》の火のように三尺もゆかないうちにぼやけてしまった。私は声を出すということにはこんな味があったのかとその後味をしみじみ味わった。

「瀬山」

「瀬山」

「瀬山」

「瀬山」

私は種々様々に呼んで見た。

しかし何という変挺《へんてこ》な変曲なんだろう。

一つは恨むように、一つは叱るように、一つは嘲《あざけ》るように、一つ一つ過去を持っており、一つ一つ記憶の中のシーンを蘇《よみがえ》らしてゆくようだ。何という奇妙な変曲だ！

「瀬山」

「瀬山」

「瀬山」

「瀬山！」今度は憐むように。

先ほどの第一の私と第二の私はまた私の中で分裂した。第一の私が呼びかけるその憐む声に、第二の私はひたと首をたれて泪《なみだ》ぐんでいた。

「瀬山！」第一の私の声もうるんで来た。

「瀬山」…………

そして第一の私は第二の私と固く抱擁しあった。

私はもう下宿の間近まで来ていた。

私はそこに突立《つった》った、つきものがおちたように。「帰ろうか、帰るまいか。」私はまた迷った。

しかし私は直ぐ決心した。帰るまいと決心した。そのかわり私は不意に喚《わめ》き出した。

「瀬山！」

友達の誰彼からも顧られなくなった瀬山極のために、私は深夜の訪客だ。「俺はお前が心配でやって来たのだ。」

「瀬山君！」

私は耳を澄して見たが、その声が消えて行った後には何の物音もしなかった。

「瀬山！」

畜生、糞いまいましい、今度は郵便屋だ、電報だ、書留だ、電報為替だ、家から百円送ってくれたのだ。

「沢田さん！　電報！　瀬山さんという方に電報。」

私はヒステリックになり声は上釣《うわず》って来た。そして下駄《げた》で玄関の戸を蹴り飛ばした。

「へい！」マキヤベリズムの狸親爺《たぬきおやじめ》奴、おきて来やがったな。

私は逃足になって来たのを踏みこらえて、

「三五郎の大馬鹿野郎。」

と喚《わめ》いたまま一生懸命に白川道をかけ下《お》りたのだ。

＊

瀬山極の話は其処《そこ》で終ったのではなかったが、しかし私はその末尾を割愛しよう。しかし私は彼が当然の結果として今年もまた落第したことをつけ加えておかねばならない。私は学校の規則として彼が除籍されるために、彼が職業を捜《さが》す相談にも与《あずか》った。

私はその中《うち》に東京へ来てしまった。

彼の最近の下宿へ問合せを出したり、京都の友人に尋ねて見たりしたが、彼の行衛《ゆくえ》はわからなかった。ある者は復校したといい、ある者は不可能だといった。私は彼の夢を二度まで見た。それで心がかりになってまた問合せを出した上、私の友達が徴兵で京都へ帰るのに呉々《くれぐれ》も言伝《ことづ》てた。

そして最近彼の手紙がやっと私の許《もと》に届いた。私が彼についてのことを書きかけたのはその手紙を受取ってからのやや軽い安堵《あんど》の下《もと》にである。私は彼の手紙を読んでいるうちに彼の思出が絵巻物のように繰り拡げられて行った。私はそれを順序もなくかき出した。しかしいつまでかいても切りがない。私は彼の手紙の抄録をすることによってこの稿を止めようと思う。

――一九二四年――

温泉

断片

その一

夜になるとその谷間は真黒な闇に呑まれてしまう。闇の底をごうごうと渓《たにがわ》が流れている。私の毎夜下《お》りてゆく浴場はその渓ぎわにあった。

浴場は石とセメントで築きあげた、地下牢のような感じの共同湯であった。その巌丈《がんじょう》な石の壁は豪雨の度《たび》ごとに氾濫する渓の水を支えとめるためで、その壁に刳《く》り抜かれた渓ぎわへの一つの出口がまた牢門そっくりなのであった。昼間その温泉に浸《ひた》りながら「牢門」のそとを眺めていると、明るい日光の下で白く白く高まっている瀬のたぎりが眼の高さに見えた。差し出ている楓《かえで》の枝が見えた。そのアーチ形の風景のなかを弾丸のように川烏《かわがらす》が飛び抜けた。

また夕方、渓ぎわへ出ていた人があたりの暗くなったのに驚いてその門へ引返して来ようとするとき、ふと眼の前に——その牢門のなかに——楽しく電灯がともり、濛々《もうもう》と立罩《たちこ》めた湯気のなかに、賑《にぎや》かに男や女の肢体が浮動しているのを見る。そんなとき人は、今まで自然のなかで忘れ去っていた人間仲間の楽しさを切なく胸に染めるのである。そしてそんなこともこのアーチ形の牢門のさせるわざなのであった。

私が寝る前に入浴するのはいつも人々の寝しずまった真夜中であった。その時刻にはもう誰も来ない。ごうごうと鳴り響く渓の音ばかりが耳について、おきまりの恐怖が変に私を落附かせないのである。尤《もっと》も恐怖とはいうものの、私はそれを文字通りに感じていたのではない。文字通りの気持からいえば、身体に一種の抵抗を感じるのであった。だから夜更《よふ》けて湯へゆくことはその抵抗だけのエネルギーを余分に持って行かなければならないといつも考えていた。またそう考えることは定まらない恐怖にある限界を与えることになるのであった。しかしそうやって毎夜おそく湯へ下りてゆくのが度重《たびかさ》なるとともに、私は自分の恐怖があるきまった形を持っているのに気がつくようになった。それをいって見ればこうである。

その浴場は非常に広くて真中で二つに仕切られていた。一つは村の共同湯に、一つは旅館の客にあててあった。私がそのどちらかにはいっていると、きまってもう一つの方の湯に何かが来ている気がするのである。村の方の湯にはいっているときには、きまって客の湯の方に男女のぼそぼそ話しをする声がきこえる。私はその声のもとを知っていた。それは浴場についている水口《みずくち》で、絶えず清水がほとばしり出ているのである。また男女という想像の由《よ》って来るところもわかっていた。それは渓の上にだるま茶屋があって、そこの女が客と夜更けて湯へやって来ることがありうべきだったのである。そういうことがわかっていながらやはり変に気になるのである。男女の話声が水口の水の音だとわかっていながら、不可抗的に実体を纏《まと》い出す。その実体がまた変に幽霊のような性質のものに思えて来る。いよいよそうなって来ると私はどうでも一度隣の湯を覗《のぞ》いて見てそれを確《たしか》めないではいられなくなる。それで私はほんとうにそんな人たちが来ているときには自分の顔が変な顔をしていないようにその用意をしながら、とりあいの窓のところまで行ってその硝子戸《ガラスど》を開けて見るのである。しかし案の条なんにもいない。

次は客の湯の方へはいっているときである。例によって村の湯の方がどうも気になる。今度は男女の話声ではない。気になるのはさっきの渓への出口なのである。そこから変な奴がはいって来そうな気がしてならない。変な奴ってどんな奴なんだと人はきくにちがいない。それが実にいやな変な奴なのである。陰鬱な顔をしている。河鹿《かじか》のような膚《はだ》をしている。そいつが毎夜極《きま》った時刻に渓から湯へ漬《つ》かりに来るのである。プフウ！何という馬鹿げた空想をしたもんだろう。しかし私はそいつが、別にあたりを見廻すというのでもなく、いかにも毎夜のことのように、陰鬱な表情で渓からはいって来る姿に、ふと私が隣の湯を覗いた瞬間、私の視線にぶつかるような気がしてならなかったのである。

あるとき一人の女の客が私に話をした。

「私も眠れなくて夜中に一度湯へはいるのですが、何だか気味が悪《わ》るござんしてね。隣の湯へ渓から何かがはいって来るような気がして――」

私は別にそれがどんなものかは聞きはしなかった。彼女の言葉に同感の意を表して、やはり自分のあれは本当なんだなと思ったのである。ときどき私はその「牢門」から渓へ出て見ることがあった。轟々《ごうごう》たる瀬のたぎりは白蛇の尾を引いて川下の闇へ消えていた。向う岸には闇よりも濃い樹の闇、山の闇がもくもくと空へ押しのぼっていた。そのなかで一本椋《むく》の樹の幹だけがほの白く闇のなかから浮んで見えるのであった。

＊

……これはすばらしい銅版画のモティイフである。黙々とした茅屋《ぼうおく》の黒い影。銀色に浮び出ている竹藪の闇。それだけ。わけもなく簡単な黒と白のイメイジである。しかし何というい いあらわしがたい感情に包まれた風景か。ここに人が棲《す》んでいる。戸を鎖《とざ》し眠りに入っている。星空の下に、暗黒のなかに。彼らはなにも知らない。この星空も、この暗黒も。虚無から彼らを衛《まも》っているのは家である。その忍苦の表情を見よ。彼らは虚無に対抗している。重圧する畏怖《いふ》の下に、黙々と憐れな人間の意図を衛《まも》っている。

一番はしの家はよそから流れて来た浄瑠璃《じょうるり》語《がた》りの家である。宵《よい》のうちはその障子《しょうじ》に人影が写り「デデンデン」という三味線の撥音《ばちおと》と下手な嗚咽《おえつ》の歌が聞こえて来る。

その次は「角屋」の婆さんといわれている年寄っただるま茶屋の女が、古くからいたその「角屋」からとび出して一人で汁粉屋《しるこや》をはじめている家である。客の来ているのは見たことがない。婆さんはいつでも「滝屋」という別のだるま茶屋の囲炉裡《いろり》の傍で「角屋」の悪口をいっては、硝子戸越《ガラスどご》しに街道を通る人に媚《こび》を送っている。

その隣りは木地屋《きじや》である。背の高いお人好の主人は猫背で聾である。その猫背は彼が永年盆や膳を削って来た刳物台《くりものだい》のせいである。夜彼が細君と一緒に温泉へやって来るときの恰好《かっこう》を見るがいい。長い頸《くび》を斜に突き出し丸く背を曲げて胸を凹ましている。まるで病人のようである。しかし刳物台に坐っているときの彼のなんとがっしりしていることよ。彼はまるで獲物を捕った虎のように刳物台を抑え込んでしまっている。人は彼が聾であって無類のお人好であることすら忘れてしまうのである。往来へ出て来た彼は、だから機械から外《はず》して来たクランクのようなものである。少しばかり恰好の滑稽なのは仕方がないのである。彼は滅多に口を利《き》かない。その代りいつでもにこにこしている。恐らくこれが人の好い聾の態度とでもいうのだろう。だから商売は細君まかせである。細君は醜い女であるがしっかり者である。やはりお人好のお婆さんと二人でせっせと盆に生漆《きうるし》を塗り戸棚へしまい込む。なにも知らない温泉客が亭主の笑顔から値段の応対を強取しようとでもするときには、彼女はいうのである。

「この人はちっと眠むがってるでな……」

これはちっとも可笑《おか》しくない！　彼ら二人は実にいい夫婦なのである。

彼らは家の間《ま》の一つを「商人宿」にしている。ここも按摩《あんま》が住んでいるのである。この「宗さん」という按摩は浄瑠璃屋の常連の一人で、尺八も吹く。木地屋から聞えて来る尺八は宗さんのひまでいる証拠である。

字《あざ》の入口には二軒の百姓家が向い合って立っている。家の前庭はひろく砥石《といし》のように美しい。ダリアや薔薇《ばら》が縁《ふち》を飾っていて、舞台のように街道から築きあげられている。田舎には珍らしいダリアや薔薇だと思って眺めている人は、そこへこの家の娘が顔を出せばもう一度驚くにちがいない。グレートヘンである。評判の美人である。彼女は前庭の日なたで繭《まゆ》を煮ながら、実際グレートヘンのように糸繰車《いとくりぐるま》を廻していることがある。そうかと思うと小舎《こや》ほどもある枯萱《かれかや》を「背負枠」で背負って山から帰って来ることもある。夜になると弟を連れて温泉へやって来る。すこやかな裸体。まるで希臘《ギリシア》の水瓶である。エマニュエル・ド・ファッリャをしてシャコンヌ舞曲を作らしめよ！

この家はこの娘のためになんとなく幸福そうに見える。一群の鶏も、数匹の白兎も、ダリアの根方《ねかた》で舌を出している赤犬に至るまで。

しかし向いの百姓家はそれにひきかえなんとなしに陰気臭い。それは東京へ出て苦学していたその家の二男が最近骨になって帰って来たからである。その青年は新聞配達夫をしていた。風邪で死んだというが肺結核だったらしい。こんな奇麗《きれい》な前庭を持っている、そのうえ堂々とした筧《かけひ》の水溜《みずため》さえある立派な家の倅《せがれ》が、何故《なぜ》また新聞の配達夫というようなひどい労働へはいって行ったのだろう。なんと楽しげな生活がこの渓間《たにま》にはあるではないか。森林の伐採。杉苗の植附。夏の蔓切《つたきり》。枯萱を刈って山を焼く。春になると蕨《わらび》。蕗《ふき》の薹《とう》。夏になると渓を鮎《あゆ》がのぼって来る。彼らはいちはやく水中眼鏡と鉤針《かぎばり》を用意する。瀬や淵へ潜り込む。あがって来るときは口のなかへ一ぴき、手に一ぴき、針に一ぴき！　そんな渓の水で冷え切った身体は岩間の温泉で温《あたた》める。馬にさえ「馬の温泉」というものがある。田植で泥塗《どろまみ》れになった動物がピカピカに光って街道を帰ってゆく。それからまた晩秋の自然薯掘《じねんじょほり》。夕方山から土に塗《まみ》れて帰って来る彼らを見るがよい。背に二貫三貫の自然薯を背負っている。杖にしている木の枝には赤裸に皮を剝《は》がれた蝮《まむし》が縛りつけられている。食うのだ。彼らはまた朝早くから四里も五里も山の中の山葵沢《わさびざわ》へ出掛けて行く。楢《なら》や櫟《くぬぎ》を切り仆《たお》して椎茸《しいたけ》のぼた木を作る。山葵や椎茸にはどんな水や空気や光線が必要か彼らよりよく知っているものはないのだ。

しかしこんな田園詩《イディイル》のなかにも生活の鉄則は横《よこた》わっている。彼らはなにも「白い手」

の嘆賞のためにかくも見事に鎌を使っているのではない。「食えない！」それで村の二男や三男たちはどこかよそへ出て行かなければならないのだ。ある者は半島の他の温泉場で板場《いたば》になっている。ある者はトラックの運転手をしている。都会へ出て大工や指物《さしもの》師《し》になっている者もある。杉や欅《けやき》の出る土地柄だからだ。しかしこの百姓家の二男は東京へ出て新聞配達になった。真面目な青年だったそうだ。苦学というからには募集広告の講談社的な偽瞞《ぎまん》にひっかかったのにちがいない。それにしても死ぬまで東京にいるとは！　恐らく死に際《ぎわ》の幻覚には目にたてて見る塵もない自分の家の前庭や、したたり集って来る苔《こけ》の水が、水晶のように美しい筧の水溜が彼を悲しませたであろう。

これがこの小さな字《あざ》である。

——一九三〇年春——

梶井基次郎略年譜

明治三十四年（一九〇一年）　二月十七日、大阪市西区土佐堀通五丁目に、安田商事株式会社社員梶井宗太郎の二男として生る。母ひさは辻四郎衛門の二女、幼時梶井秀吉家の養女となり、明治二十八年梶井伊吉家の出なる宗太郎を養子として迎え結婚。

明治四十年（一九〇七年）　四月、大阪市西区江戸堀尋常小学校に入学。

明治四十一年（一九〇八年）　一月、急性腎臓炎にかかり死にかけた。冬、父の転任に従い、東京市芝区二本榎二丁目三番地に移る。

明治四十二年（一九〇九年）　一月、芝区白金頌栄尋常小学校に転入。

明治四十四年（一九一一年）　五月、父の鳥羽造船所に転任するに従い、三重県志摩郡鳥羽町錦町に移り、鳥羽尋常高等小学校に転ず。

大正二年（一九一三年）　三月、鳥羽尋常高等小学校を卒業、四月、三重県立第四中学校に入学。

大正三年（一九一四年）　四月、大阪市西区靱南通二丁目三十五番地に移り、大阪府立北野中学校に転学。

大正四年(一九一五年)　三月、ほぼ同年齢の異母弟が中学を退いて商家に見習奉公するのに同情して、自分も退学して市中の或る商家に奉公す。おること一年、母の切なる願いによって家に帰る。

大正五年(一九一六年)　四月、北野中学三年級に再入学。

大正八年(一九一九年)　三月、北野中学卒業。初恋(但し片恋)。大阪府立高等工業学校電気科の入試に失敗、七月、第三高等学校理科甲類に受験して合格、九月、入学。十月、寄宿舎北舎第五室に入る。同室に中谷孝雄、飯島正らあり。少しく前より漱石、潤一郎を愛読し、自ら「梶井漱石」あるいは「梶井潤二郎」など称す。

大正九年(一九二〇年)　春、肋膜炎《ろくまくえん》にかかり、休学。七月、落第。八月、三重県北牟婁郡船津村字上里に転地、九月、熊野に転地、いよいよ文学書に親しむ。同月中旬帰阪、回生病院にて軽微なる肺尖《はいせん》カタルと診断される。十月より京都の学校に行ったり、大阪に帰ったり。

大正十年(一九二一年)　七月、二年に進み、伊豆大島に遊ぶ。八月、紀州湯崎温泉に病を養う。この頃、武者小路実篤の人道主義、賀川豊彦のキリスト教的社会主義に少からず動かされ、文学か社会運動かと迷う。秋、月見の宴の後、泥酔して遊里に入り一夜を明かす。この夜より「堕落」とか「純粋なものがわからなくなった」とかいう言葉が口癖になる。エルマン、ハイフェッツ、ホルマンらの来朝に刺戟されて音楽の勉強。

大正十一年（一九二二年）　三月、学制改革により学期短縮され三年級に進む。文学に生きる志かたく、トルストイを耽読、また藤村の『新生』を読む。七月（?）最初の習作ともいうべき「彷徨」の断片あり。十二月、彼のいわゆる「頽廃的生活」をことごとく父母に告白し、真摯誠実に自己解剖に努めると共に、「帰宅前後」「小さき良心」「裸像を盗む男」「母親」などの習作につとむ。中谷の語るところによれば、この年より「彼の骨骼は精神的にも肉体的にも一廻り大きくなった。」

大正十二年（一九二三年）　三月、文学に専念した結果卒業試験に落第。五月、「三高劇研究会」の廻覧雑誌『真素木《ましろぎ》』に「奎吉」を発表す。筆名瀬山極。七月、「矛盾の様な真実」を『嶽水会雑誌』第八十四号に発表。同月（?）「檸檬」の第一稿に着手、いよいよ文学に精進す。十月、劇研究会の最初の公演を計画し、一ヵ月間準備を重ねたが公演直前に突如学校当局の禁止にあう。

大正十三年（一九二四年）　三月、在学五年にして三高を卒業。四月、東京帝国大学文学部英文科に入学。本郷に下宿す。七月、異母妹を失う。同月血痰を見る。十一月、同人雑誌発行の計画熟し、誌名を『青空』として来春早々に創刊と決定、準備に入ると同時に創作「檸檬」に着手。十二月、目黒に転居。この年「瀬山の話」ほか数篇の習作あり。

大正十四年(一九二五年)　一月中谷孝雄、外村繁、小林馨、忽那吉之助、稲森宗太郎らと『青空』を発刊、「檸檬」を発表(以後昭和二年六月の休刊にいたるまで、この雑誌に小説数篇を発表する)。六月、麻布区飯倉片町三十二番地堀口方に寄寓す。(なお『青空』へは後、浅沼喜実、淀野隆三、飯島正、三好達治、北川冬彦、阿部知二らが加わった。)

大正十五年(一九二六年)　四月、肋膜炎再発。八月、肺結核の病状顕著に、右肺尖に水泡音、左右肺門、左右肺尖に病竈《びょうそう》ありと診断される。『新潮』十月新人号のために執筆の委頼を受けしも果さず、秋より冬にかけてしばしば血痰を見る。十二月、東大を中途退学して、静岡県田方郡上狩野村湯ヶ島温泉世古ノ滝に転地す。川端康成と識《し》る。

昭和二年(一九二七年)　知識階級の左翼への転換しきりにして、プロレタリア文学の擡頭を見、ひそかに激しい関心を抱く。六月『青空』休刊。七、八月の間、たまたま湯ヶ島に来り遊んだ広津和郎、萩原朔太郎、尾崎士郎、宇野千代、新居格らと識る。

この頃、ボードレールに親近す。十月帰阪、京都帝国大学病院にて診察を受け、病勢の軽視しがたきを知る。中旬、再び湯ヶ島に帰り、「桜の樹の下には」「器楽的幻覚」「筧の話」等の短篇小説に着手。十一月、貧血、喀痰多量に悩む。

昭和三年(一九二八年)　一月、浅見淵の勧めにより『文藝都市』の同人となる。同誌三月号に「蒼穹」を、『創作月刊』五月号に「冬の蠅」を発表。五月、精神的転換を計らんとして上京、本所深川のあたり、勤労者の間に住うつもりだったが果さず、麻布区飯倉片町の堀口方に再び仮寓、七月市外和田堀町の中谷孝雄方に寄寓す。時に病勢甚だしく、在京の友人こぞって帰郷を勧む。九月、病勢つのり漸く下阪、大阪市住吉区阿部野町九十九番地なる両親の膝下《しっか》に帰る。

昭和四年(一九二九年)　一月、父を失う。三月、マルクスの『資本論』に傾倒する。十二月、福知山の歩兵第二十聯隊に志願兵として服役中の中谷孝雄を訪《おとな》い、また、京都伏見に淀野隆三を訪いしため病勢昂進、呼吸困難におそわる。この年殆《ほとん》ど筆をとらず、僅かに「猫」の断片あるのみ。

昭和五年(一九三〇年)　プロレタリア文学並《ならび》に社会科学に対する関心つよく、文学書のみならず経済書に親しむ。二月より四月の間、母ひさ腎臓炎にかかり、三月自分もその看病中に倒れる。五月、痔疾に苦しむ。六月、兵庫県武庫郡伊丹町堀越二十六番地の長兄謙一宅に移る。同月、『詩・現実』第一冊に「愛撫」を発表す。七月、腎臓炎にかかる。九月、兵庫県川辺郡稲野村字千僧に、長兄一家と共に移る。十月、『詩・現実』第二冊に「闇の絵巻」を発表。このほか、秋より冬にかけて、遺稿となりし「筧鮨亭」など二、三の断片と「交尾」の作あり。

昭和六年(一九三一年) 一月より五月まで臥床。五月、創作集『檸檬』を東京市小石川区目白台武蔵野書院より刊行す。同月、これに対して文芸雑誌『作品』にて誌上出版記念会あり。六、七月、再び腎臓炎にかかる。九月、再び痔に苦しむ。十月、大阪市住吉区王子町二丁目十三番地に初めて一戸をかもう。同月、中央公論社より原稿の依頼あり。

昭和七年(一九三二年) 一月、『中央公論』新年号に「のんきな患者」を発表。二月、病あらたまり、三月二十四日午前二時三十一歳にて永眠す。

(淀野隆三記)

解　説

佐々木基一

梶井基次郎の作品は生前に発表されたもの二十篇、その外に習作や遺稿を合せて約四十五篇ある。遺稿はおおむね未完の断片であり、生前に発表された作品もすべて短篇であって、長いもので三、四十枚、短いものは十枚足らずといったあんばいである。従って、完成した作品と未完成の断片を全部合せても、その分量は極めて少い。本にすれば二巻にも満たぬ分量である。

生前に発表された二十篇の作品は、いずれも珠玉の短篇というにふさわしいもので、新鮮なイメージとたぐい稀な造型性を具えている。そのうちのどれをとり、それを捨てるかとなると、誰でも選択に迷うにちがいない。それら小さな作品は、小さいなりにそれぞれ一箇の宇宙を含んで美事に完成しているからである。わたしはあれこれと選択に迷ったあげく、それらのうちから、わたしの判断に従ってもっとも完成度の高いと思われる作品九篇をえらんでみた。

他の二篇のうち、『瀬山の話』は一九二四年(大正十三年)の作で、『檸檬』に先行する習作である。この作品は作者の死の翌年の一九三三年(昭和八年)になってはじめて、『文藝』十二月号に発表された。『檸檬』の完成に辿りつくまでの作者の模索と、努力の方向を知る上に興味があるばかりでなく、『檸檬』に圧縮され凝集された作者の資質の美しさと、青春期特有の性急な、それだけに豊かな内的体験を知るよすがともなればと思い、特に収録することにした。

もう一つの『温泉』は晩年に書かれた断片の中からとった。晩年の断片の中には、『琴を持った乞食と舞踏人形』『海』『交尾』などイメージの鮮明な、堂々たる風格の作品があり、その中には梶井の心象に映じた様々な美の破片がちりばめられているが、その中で比較的首尾のととのったものは『温泉』の外にない。『温泉』という同じテーマで三つの断片がのこされているが、その中でもっとも形のととのったものが第一の断片なので、それをとった。

梶井基次郎は一九〇一年(明治三十四年)二月、大阪市に生れ、一九三二年(昭和七年)三月、大阪市で死んだ。齢《よわい》わずかに三十一であった。初期習作を一応除外すれば、処女作というべき『檸檬』を同人雑誌『青空』(この雑誌は主として三高出身の文学志望者によって一九二五年(大正十四年)一月に発刊された。当初の同人は梶井基次郎、中谷孝雄、外村繁、忽那吉之助、小林馨、稲森宗太郎、の六人であった。後に淀野隆三、飯島正、三好達治、北川冬彦、阿部知二らが加った。一九二七年(昭和二年)六月休刊)の創刊号に発表し、絶筆となった『のんきな患者』を一九三二年一月『中央公論』に発表するまでの七年間が、彼の創作期間であった。そうして、その七年のあいだ、彼は絶えず宿痾《しゅくあ》となった胸の病のために苦しんでいた。彼の作品のほとんどすべてはその闘病生活の中から生れたものである。そして彼は二十一歳のとき友人にあてて、「人間が登りうるまでの精神的な高嶺《たかね》に達しえられない最も悲劇的なものは短命だと思う」と書いたが、その歎きにもかかわらず、彼の病気は彼に天寿を全うさせなかった。

しかし、梶井基次郎は宿痾に苦しみつつ、三十一歳の若さで死んだけれども、その短い生涯の間に、いかにも彼にふさわしい作品をのこすことができた。今日わたしたちのみることのできる作品以外に、どのような梶井基次郎の作品も想像することができないほど、それらは揺ぎない風格を示している。完璧な造型性をえてぴたりと鎖《とざ》された世界——それが梶井基次郎の作品世界に外ならぬ。恐らく処女作に『檸檬』のような完成した作品を書いてしまった作者にとっては、夭折ということはもはや避けることのできぬ宿命であったのかも知れない。そんな気がわたしにはする。梶井の作品はすべて、鋭敏な感受性にめぐまれた資質が資質のままに凝結し、いわば非情な物質と化したような感触をもった作品であるが、元来、資質というものは一面において極めて危険な、いわば一種の取扱注意品であって、それは往々、生活と肉体を喰いやぶって自己を顕そうとする傾性を示すものである。殊に梶井のように、ひたすら純粋と作品の完璧性をもとめてやまない意志的な美の探求者にあっては、資質の優秀は同時に彼の運命の悲劇を意味した。青春期における彼の混乱した頽廃生活、えたいの知れぬ渇望にかられた淀野隆三のいう「外道《げどう》」の生活は、いってみれば梶井の資質の自己形成と自己認識にとって必須の過程であったにちがいない。

「梶井はいよいよ精神的になると共にいよいよ頽廃的になるのである。女色はもちろんのこと泥酔のあと、甘栗屋の鍋に牛肉を投げ込んだり、中華蕎麦の屋台をひっくりかえしたり、借金の重った下宿から逃亡したり、自殺を企てたり……乱暴の限りをつくす。思うに鋭敏にすぐる感受性を賦与された梶井にあってはこれら無頼の生活は、真実を探究する心の逆説的表現であったのであろう。」

と淀野隆三は三高時代の梶井の行状の動機を説明している。

普通、わたしたちの生活は外界の事物との或る種の狎《な》れ合いまたは妥協の上に成り立っているが、梶井のようにひたすら感受性の純潔に生きようとする作家は、このような生ぬるい妥協に安んじることはとうていできない。我身を喰いやぶる危険を顧慮することなく、あくまで事物の本質にまで突き進まないではやまぬ志向をもっている。それはいわば持って生れた資質の宿命であって、恐らく当人にとっても容易に制御することのできない傾性であろう。

「海岸にしては大きい立木が所どころ繁っている。その蔭にちょっぴり人家の屋根が覗《のぞ》いている。そして入江には舟が舫《もや》っている気持。

それはただそれだけの眺めであった。何処を取り立てて特別心を惹《ひ》くようなところはなかった。それでいて変に心が惹かれた。

なにかある。ほんとうになにかがそこにある。といってその気持を口に出せば、もう空ぞらしいものになってしまう。」(『城のある町にて』)

自然の風景に接してうっとりすること、これが梶井にあっては単に「うっとり」することだけではすまない。この何気ない平凡な風景を覆っている神秘のヴェールを一枚一枚めくって、その奥にある「なにか」を見つけようとして彼の心は激しく苛立《いらだ》つのである。

「平常自分が女、女、と想っている、そしてこのような場所へ来て女を買うが、女が部屋へ入って来る、それまではまだいい、女が着物を脱ぐ、それまでもまだいい、それからそれ以上は、何が平常から想っていた女だろう。『さ、これが女の腕だ』と自分自身で確める。しかしそれはまさしく女の腕であって、それだけだ。」(『ある心の風景』)

このような激しい渇望とこのような探求慾が、作者に幸福をもたらすものでないことは明らかだ。神秘のヴェールを一枚めくればまたその奥に秘密があるといった具合で、それを一枚ずつはがしてゆくにつれて、外界はますます謎をふかくしてゆくのである。こうして、果てしのない追いかけっこがはじまる。そして作者は自らの渇望の激しさにかられて自ら疲労困憊《こんぱい》の極に達する。

「視《み》ること、それはもうなにかなのだ。自分の魂の一部分あるいは全部がそれに乗り移ることなのだ」(『ある心の風景』)

梶井基次郎の創造の秘儀をこの言葉くらいよく説きあかしたものはない。彼がひたすらもとめてやまなかったのは、こうした自我と対象との一分の隙もない合一の瞬間であった。その瞬間においてはじめて梶井の生命は閃光をはなって生き生きと輝くのである。しかし、そのような瞬間はうつろいやすく、永続しない。その瞬間の束の間の悦びがすぎ去ると、生は再び「永遠の退屈」に変り、作者の心は再び絶望にひたされる(『筧の話』にはこの感受性の強いられる悲劇が感動的に形象化されている)。幸福とは恐らく、この瞬間に息絶えてしまうことだけであろう。

　それだから、梶井基次郎は『Kの昇天』のような作品の中で、海面を照らす月の光りの美しさに誘われてついに昇天(実は水死)してしまう人物の話を書いたのであろう。けれども、「K」のように昇天してしまうことのできない生身の梶井基次郎は、生きている限り、あの束の間の悦びとその後の絶望とをくりかえさねばならなかった。彼の探求は、当然、一作から一作へと深まってゆくが、この深まりは同時に彼の心の絶望の深まりに比例していた。

　すでに処女作『檸檬』の中の、あの透きとおるような、冴《さ》え返ったイメージは「えたいの知れない不吉な塊《かたまり》が私の心を始終圧《おさ》えつけていた」という暗い背景の上にうかび出たものであった。

　「冬陽《ふゆび》は郵便受のなかへまで射しこむ。路上のどんな小さな石粒も一つ一つ影を持っていて、見ていると、それがみな埃及《エジプト》のピラミッドのような巨大《コロッサール》な悲しみを浮べている。」(『冬の日』)

　梶井基次郎の心象表現の特色をもっともよく示しているといわれるこのような形象は、そのまま作者の心の憂鬱を象徴している。更に『筧の話』『冬の蠅』『闇の絵巻』と進んでゆくにつれて、作者の憂鬱はほとんど絶望にまで深まっている。『檸檬』『城のある町にて』『ある心の風景』『冬の日』までの梶井基次郎は、疲労と倦怠と憂鬱の心をいだきながらも、なおひたすら幸福を求めてやまぬ彷徨者である。一顆《いっか》の檸檬の鮮やかな形象や、童心にみちた「単純で、平明で、健康な世界」(『城のある町にて』)や、腰に下げた朝鮮の小さい鈴の「美しい枯れた音」や、「遠い地平へ落ちてゆく」冬の日の大きな落日などが、彼の心に何ほどかの救いをもたらし、彼の心に一瞬幸福をつなぎとめる。

しかし、『筧の話』以後の作品には、もはやそうした幸福の追求は影をひそめ、作者はむしろ幸福の拒絶者としてあらわれてくる。そうして、ただ絶望の情熱をふるって作品を書く外はないような極限の場にまで自己をつきつめていっている。

「私が最後に都会にいた頃――それは冬至《とうじ》に間もない頃であったが――私は毎日自分の窓の風景から消えてゆく日影に限りない愛惜を持っていた。私は墨汁のようにこみあげて来る悔恨といらだたしさの感情で、風景を埋めてゆく影を眺めていた。そして落日を見ようとする切なさに駆《か》られながら、見透しのつかない街を慌《あわ》てふためいてうろうろしたのである。今の私にはもうそんな愛惜はなかった。私は日の当った風景の象徴する幸福な感情を否定するのではない。その幸福は今や私を傷《きず》つける。私はそれを憎むのである。」(『冬の蠅』)

梶井基次郎は病を養うため大学を中途退学して一九二六年(昭和元年)の年末に、伊豆湯ヶ島に移り、それから一年半ほどの間、その山峡《やまかい》の寂しい温泉宿で孤独な生活を送った。しかし、病は一向に快方にむかわず、日一日と彼の体は蝕《むしば》まれてゆく。翌年の十月に帰阪した彼は、京大病院で診察を受け、楽観を許さぬ病状を知って、中旬には再び湯ヶ島に帰ってきた。一九二八年の五月には生活の転換をはかろうとして上京、江東地区の貧しい人々の間に住まおうと志したが、それも実行にまでは至らなかった。これは当時漸《ようや》く社会の風潮となりはじめたインテリゲンチャの左翼への転換(この年三月にはプロレタリア文学運動の統一組織体である「ナップ」——全日本無産者芸術聯盟《れんめい》——が結成され、旧『青空』同人たちの多くも徐々に左翼に転換した)に、梶井基次郎も何ほどか精神的に刺戟を受けたためであろう。しかし、病気は彼に生活への意志を実行に移すことを許さなかった。病勢が募ると共に、彼はついにこの年九月には大阪の父母のもとへ帰らざるを得なかった。

伊豆湯ヶ島での療養生活に取材した彼の短篇に、暗い絶望の影と、死の影がたえずつきまとっているのは、恐らくこのような彼の病状の進行と関係があるだろう。それらの作品の異常に鮮烈な印象の裏には、自己の肉体と生活の滅びゆく様を静かに眺めている作者の「末期《まつご》の眼」が感じられる。それは自殺を前にして芥川竜之介が眺めたようなパセチックな風景ではない。その静謐《せいひつ》な外見上の印象は、徐々に肉体を蝕まれてゆく結核患者特有の静かな絶望によって生みだされたものである。『筧の話』の結末で彼は「課せられているのは永遠の退屈だ。生の幻影は絶望と重なっている」という自己の宿命について語っている。『冬の蠅』では「私を殺すであろう酷寒のなかの自由」をひたすら求めている。『闇の絵巻』では、彼の闇の中に消えてゆく一人の男の姿を、異様な感動をもって眺めている。それは「自分も暫《しば》らくすればあの男のように闇のなかへ消えてゆくのだ」という一種絶望的な感動に外ならなかった。『交尾』のあのしーんと静まった、物心一如の世界の中には、「天地の孤客」としての作者の無限の寂しさがこめられている。『温泉』で彼の形象化しようとしたものは、渓《たにがわ》ぎわにある温泉の中にこもる真夜中の恐怖であった。『のんきな患者』には、結核患者にまつわる様々な挿話がいくらか諧謔味を交えて語られているが、それは上辺《うわべ》の印象であって、その底には、当時は不治の病とされていた結核におかされた者の絶望的な気持が秘められている。「最後の死のゴールへ行くまではどんな豪傑でも弱虫でもみんな同列にならばして否応《いやおう》なしに引《ひ》き摺《ず》ってゆく」病気に対する底なしの恐怖が語られているのである。

梶井基次郎は一方ではつねに、もっと生活的な作品を書きたいという念願を抱きつづけていたらしい。一九二九年(昭和四年)四月の淀野隆三に宛てた手紙の中には、『闇の絵巻』執筆の苦しさを述べながら、「しかし生活的の作品はとても書けないだろう。やはり風景的だ。いつまでもこんなものを書いていては実際いけないのだが」という告白がみられる。プロレタリア文学に関心を示し、マルクスの『資本論』などを読んで小説よりずっと面白いといっているのなども、また伊豆から上京して江東の勤労者街に住みたいと考えたことなども、やはり同じ意識から出たものであろう。そして、最後の『のんきな患者』において(それを彼ははじめて檜舞台《ひのきぶたい》ともいうべき『中央公論』に執筆したのだが)、従来の心象風景的な作風を脱けだし、新たに小説らしい小説の世界をきりひらこうと試みたといわれる。けれども今日この作品を読んでみると、そこにはやはり、従来の梶井らしいものの観方《みかた》、ものの感じ方が一貫して流れているようである。京都や東京や伊豆の渓間《たにま》の温泉場の風景と可憐な小動物を眺めたとほとんど同じ眼で、彼は結核患者の哀《かな》しい運命を眺めている。そこには、どう動かしようもない作者の宿命的な資質がにじみ出ている。この資質を超えて、外のものを造型することは恐らく梶井には不可能なことだったにちがいない。病気が治癒したとしても、梶井基次郎にはたぶんプロレタリア小説は書けなかっただろう。

梶井基次郎の作品の魅力も限界もそこにあるように思われる。

梶井の作品の出現は、わたしには一種の奇蹟と感じられる。それは二重の意味で奇蹟的な作品といえる。つまり、彼の感受性の質からみてそれは奇蹟的であり、文学史の上からみてもまた奇蹟的である。

処女作『檸檬』のモチーフは早くから作者の脳裡に宿っていたもので、『檸檬の歌』『「檸檬」を挿話とする断片』『瀬山の話』を梶井はそれまでに書いている。それらの習作から『檸檬』の一篇が導き出される過程をたどってみると、作者の努力の方向が何を目ざしていたかがはっきり分るのである。作者の目ざしたもの、それはいわば感受性の純粋抽出ともいうべきものであった。生活にまつわる一切の溷濁《こんだく》した要素、通俗的な要素を削《そ》ぎとり、洗い落して、感受性を裸形《らぎょう》の純粋状態において抽出すること、そこに梶井基次郎の創作の苦心の大半がかかっていたと思われる。

ところで、この感受性は、梶井の場合、外界の印象をたっぷり吸いこんで海綿のようにふくらむ受動的な感受性ではなく、むしろ極めて能動的な感受性であった。それは鋭く対象に働きかけてゆき、漠然たる印象群の中からもっとも本質的なものをつかみ出し、その上に自ら乗り移ろうとする。従って、それは五官の調和した円満な認識に支えられることなく、論理の網を突きやぶって直ちに対象に感応しようとする傾性をもっている。まるで眼なら眼だけが、耳なら耳だけが、触覚なら触覚だけが、それぞれ体から抜け出してひとり勝手に対象に向って駈け出し、そこに何かを見、何かを聴き、何かを感じるかのようである。たとえば『筧の話』の中にある次のような箇所などは、梶井の感受性の秘密をもっともよく解きあかしたものであろう。

彼は杉林の中を散歩していて、ふと幽《かす》かなせせらぎの音をきく。

「どうした訳で私の心がそんなものに惹《ひ》きつけられるのか。心がわけても静かだったある日、それを聞き澄ましていた私の耳がふとそのなかに不思議な魅惑がこもっているのを知ったのである。その後追々《おいおい》に気づいて行ったことなのであるが、この美しい水音を聴いていると、その辺《あた》りの風景のなかに変な錯誤が感じられて来るのであった。香《かおり》もなく花も貧しいの<ruby>ぎ</ruby>蘭《らん》がそのところどころに生《は》えているばかりで、杉の根方《ねかた》はどこも暗く湿っぽかった。そして筧といえばやはりあたりと一帯の古び朽ちたものをその間に横《よこた》えているに過ぎないのだった。『そのなかからだ』と私の理性が信じていても、澄み透った水音にしばらく耳を傾けていると、聴覚と視覚との統一はすぐばらばらになってしまって、変な錯誤の感じとともに、訝《いぶ》かしい魅惑が私の心を充《み》たして来るのだった。」

ここでは耳が一切の働きをひき受けている。一切の理知を出しぬいて一挙に美しい水音に感応している。理性や他の感覚に対してここでは聴覚が極めて不安定・不調和な関係におかれているが、作者はかえってこの不調和な錯誤の中に限りない魅惑を見出している風である。しかもその錯覚は、束《つか》の間《ま》の閃光をもって作者の生命を輝かすのである。精神や感覚の或る特定部分が他の部分と不均衡に鋭敏に働き、そのため円満に調和した現実像がばらばらに崩れ去り、現実の画布の向うにもっと本源的な別の像が透視される。これは普通、透視術や心霊術にたけた人の行う操作であるが、梶井の作品には、どこかそういう人の行う奇蹟に似たところがある。

文学史的にみて、梶井の作品の出現が奇蹟のように思われるのは、大正末年から昭和初年にかけてわが文学界を支配していた二大思潮たる新感覚派の運動と、マルキシズムの文学運動とのいずれにも属さず、独自な資質を守ってあれだけの完成作を成し得た点においてである。『檸檬』にもっともよく示されている、すたれたものや、外見のみすぼらしいものへのあのような愛着、「二銭や三銭のもの――といって贅沢なもの」を求めるあの好みなどは、大正末の文学志望者に共通した特色であり、そこには若い文学的インテリゲンチャの追いつめられた立場が象徴されているが、そのようなものの可憐な美を鋭敏に感じとる感覚に恵まれた青年は、恐らく当時もっとも質のいい文学青年であった。たとえば堀辰雄、中野重治、そして梶井基次郎――この人たちには感覚の質に大変似通ったものがあるように思われる。中で、堀辰雄はいちばんハイカラであり都会的である。中野重治は農民的・野人的である。梶井基次郎はたぶんその中間くらいに位置するだろう。しかし、堀辰雄はその後更に理知的な象徴の道に進んでゆき、中野重治は社会運動に挺身《ていしん》した。芸術至上の道をゆく者は新形式の発明に陶酔し、社会改革によって何らか自己の運命を打開しようとする者はプロレタリア文学の運動に入って行った。梶井基次郎はプロレタリア文学に深い関心をもちながら、自己の資質を唯一つの支えとして独自な芸術至上の道を歩いた。そこに彼の生前の文学的孤立があった。昭和初年の文学界を風靡《ふうび》した二つの大きな文学運動が漸く下火になりはじめる頃になって、梶井の作品が文壇人の注意を惹きはじめた理由もそこにある。

そういう独自な道を辿って、感受性の純粋抽出を梶井に可能ならしめたものは、しかし、彼の病気であった。病気のために全く生活から遮断《しゃだん》されていたことであった。その意味で、梶井基次郎の文学は完全に生活を喪《うしな》った人間の一種宿命的な芸術であった。しかし同時に、彼は自らの資質の宿命を完全に、意志的に生きることによって、肉体と気分を蝕《むしば》む病気と頽廃から美事に浄化され、無垢《むく》な感受性をすこやかに形象化することができたのである。

本書の校訂について

○梶井基次郎の著作の編纂なり解説には、これまで大抵友人があたって来たのだが、この度《たび》はそういう交友関係をぬきにして純然たる批評家に依頼することにし、佐々木基一氏を煩《わずら》わした。梶井の作品は今日ではもう友情の支えなどをかえって邪魔とするほどそれ自身で正しい不抜の位置を現代文学のうちに占めていると思われるからだ。それでこの集では私は佐々木氏の選んでくれた作品についてただ校訂のことに従った。

○校訂にあたって私は岩波文庫編集部の希望をいれて、能《あと》う限り梶井自筆の原稿によることにした。ところで、今更らしくこういうことを言うと、これまでの諸刊本では編者が(少くとも私が)勝手な改竄《かいざん》を加えていたような誤解を与えるが、こういう希望が出る事情はこうなのである。——

昭和六年の初め、梶井は兵庫県川辺郡の稲野村で、漸く悪化して来た宿痾《しゅくあ》に悪性の風邪まで引きそえて仰臥《ぎょうが》生活を余儀なくされていた。もう一、二年の寿命だろうかと彼自身も私たち友人も暗澹《あんたん》として考えるようになっていた。ちょうどこの頃、創作集刊行の話が武蔵野書院との間にまとまり、二月初めから校正が出始めた。出来るだけ梶井を煩わさずに出版しようとしたのだが、代理でする仕事には決しかねる所も多く、疑問の点を問合さずにはいられない事情になる。すると、こちらではわかっている誤植なども気になると見えて注意して来るといった工合《ぐあい》で、文通も度重《たびかさ》なった。そうした質疑応答のうちに、私と梶井との間には、句読点の打ち方や仮名遣いや畳語《じょうご》の書き方などについて取決めが出来上った。そして四月に『檸檬』は校了、五月十五日に上梓《じょうし》されたが、翌年の梶井の死去以来、この時の取決めが、習作や遺稿にも適用されて今日におよんだので、この事情を知らない読者には、梶井が習作の時代から終始一貫した措辞《そじ》を持っていたという誤解を与えるかも知れない。——こういうことを恐れて岩波文庫は私に自筆原稿によるる校訂を希望したのであろう。

それで私はこの集ではこの線にそって校訂をすることにした。

一、「檸檬」より「交尾」にいたる八篇、創作集『檸檬』におさめられたものは、その自筆原稿の有無にかかわらず、『檸檬』中の作品をもって自筆原稿とした。上述のような出版の経緯ではあったが、梶井はこの創作集において「文章の抜差し訂正」（昭和六年四月十二日附の私への手紙）をほどこしているからだ。そして私はこの集では『檸檬』と共に、原稿なり原稿のあるものは、それらと照合して誤りを正した。念のため、右八篇のうちで、草稿なり自筆原稿の私の手許《てもと》にあるものを挙げてみる。——

「城のある町にて」――「手品と花火」の一部の草稿がある。

「冬の日」――第三節の「電灯も来ないのに……」より終りまでの草稿がある。

「筧の話」――草稿がある。

「冬の蠅」――草稿がある。

「闇の絵巻」――草稿と共に自筆の原稿がある。

「交尾」――草稿の一部と自筆原稿がある。

なお右のうち最初に発表したおりの掲載誌のあるもの(「ある心の風景」「冬の日」「闇の絵巻」)はそれも照合した。
二、「のんきな患者」は原稿もなく、その掲載誌の『中央公論』昭和七年一月号も手に入らなかったので、やむをえず、昭和九年刊行の全集版によって校訂した。
三、「瀬山の話」と「温泉」は自筆原稿のまま収録した。明らかな誤字や文法上の誤りはもちろん直したが、「温泉」では「渓ぎわ」はそのままにしておいた。なお「瀬山の話」では本書一八一頁一六行目の「しかしその朝起きも登校も……」より一八二頁五行目の「……と考えて見る。」までは、筆写の誤りから、どの版本にも脱けていることを発見した。いま一つここに附記したいのは、この習作の末尾の「彼の手紙」のことであるが、この手紙は自筆の原稿にはない、――書くつもりだったのか、七、八枚原稿用紙が余分に綴り込んではあるが。なお、ついでに書くが、「瀬山の話」は私のつけた仮題で、主人公の瀬山極はポール・セザンヌの音訳である。

○各作品の末尾に附した年代のうち、雑誌の名のあるものは発表年月、それのないものは私の推定した創作年代である。そしてこの創作年代のうちで特に記しておきたいのは「温泉」のそれである。「その一」は昭和五年（一九三〇年）に書かれたものと思う。本書には収録されていないが、「その二」は万年筆で書かれているところから見て、これは昭和六年（一九三一年）十二月末に書かれたと考えられる。「のんきな患者」の稿料を受取ると梶井は、十二月の下旬、母堂に附添われて大阪の丸善でオノトを買ったとは、母堂がその万年筆を私に形見として贈られた時の話である。私は新しい万年筆の筆蹟から見て、こう推定する。「その三」は昭和七年（一九三二年）一月初めに書かれたものだろう。この頃手紙に用いた便箋《びんせん》――これも丸善で買ったstenographer's notebookに、上記の万年筆で書いていることと筆蹟の上から見ての推定である。

昭和二十九年三月

淀野隆三

岩波文庫(緑帯)の表記について

近代日本文学の鑑賞が若い読者にとって少しでも容易となるよう、旧字・旧仮名で書かれた作品の表記の現代化をはかった。そのさい、原文の趣きをできるだけ損なうことがないように配慮しながら、次の方針にのっとって表記がえをおこなった。

(一) 旧仮名づかいを現代仮名づかいに改める。ただし、原文が文語文であるときは旧仮名づかいのままとする。

(二) 「常用漢字表」に掲げられている漢字は新字体に改める。

(三) 漢字語のうち代名詞・副詞・接続詞など、使用頻度の高いものを一定の枠内で平仮名に改める。

(四) 平仮名を漢字に、あるいは漢字を別の漢字に替えることは、原則としておこなわない。

(五) 振り仮名を次のように使用する。

(イ) 読みにくい語、読み誤りやすい語には現代仮名づかいで振り仮名を付す。

(ロ) 送り仮名は原文通りとし、その過不足は振り仮名によって処理する。

例、明に→明《あきらか》に

(岩波文庫編集部)

檸檬《レモン》・冬《ふゆ》の日《ひ》 他九篇

1954 年 4 月 25 日 第 1 刷発行
1985 年 6 月 17 日 第 22 刷改版発行
2008 年 4 月 24 日 第 52 刷改版発行
2023 年 9 月 5 日 第 59 刷発行

作 者 梶井基次郎《かじいもとじろう》

発行者 坂本政謙

発行所 株式会社 岩波書店
〒101-8002 東京都千代田区一ツ橋 2-5-5

案内 03-5210-4000 営業部 03-5210-4111
文庫編集部 03-5210-4051
https://www.iwanami.co.jp/

印刷・三陽社 カバー・精興社 製本・中永製本

ISBN 978-4-00-310871-0 Printed in Japan

読書子に寄す

——岩波文庫発刊に際して——

岩波茂雄

真理は万人によって求められることを自ら欲し、芸術は万人によって愛されることを自ら望む。かつては民を愚昧ならしめるために学芸が最も狭き堂宇に閉鎖されたことがあった。今や知識と美とを特権階級の独占より奪い返すことはつねに進取的なる民衆の切実なる要求である。岩波文庫はこの要求に応じそれに励まされて生まれた。それは生命ある不朽の書を少数者の書斎と研究室とより解放して街頭にくまなく立たしめ民衆に伍せしめるであろう。近時大量生産予約出版の流行を見る。その広告宣伝の狂態はしばらくおくも、後代にのこすと誇称する全集がその編集に万全の用意をなしたるか。千古の典籍の翻訳企図に敬虔の態度を欠かざりしか。さらに分売を許さず読者を繫縛して数十冊を強うるがごとき、はたしてその揚言する学芸解放のゆえんなりや。吾人は天下の名士の声に和してこれを推挙するに躊躇するものである。このときにあたって、岩波書店は自己の責務のいよいよ重大なるを思い、従来の方針の徹底を期するため、すでに十数年以前より志して来た計画を慎重審議この際断然実行することにした。吾人は範をかのレクラム文庫にとり、古今東西にわたって文芸・哲学・社会科学・自然科学等種類のいかんを問わず、いやしくも万人の必読すべき真に古典的価値ある書をきわめて簡易なる形式において逐次刊行し、あらゆる人間に須要なる生活向上の資料、生活批判の原理を提供せんと欲する。この文庫は予約出版の方法を排したるがゆえに、読者は自己の欲する時に自己の欲する書物を各個に自由に選択することができる。携帯に便にして価格の低きを最主とするがゆえに、外観を顧みざるも内容に至っては厳選最も力を尽くし、従来の岩波出版物の特色をますます発揮せしめようとする。この計画たるや世間の一時の投機的なるものと異なり、永遠の事業として吾人は微力を傾倒し、あらゆる犠牲を忍んで今後永久に継続発展せしめ、もって文庫の使命を遺憾なく果たさしめることを期する。芸術を愛し知識を求むる士の自ら進んでこの挙に参加し、希望と忠言とを寄せられることは吾人の熱望するところである。その性質上経済的には最も困難多きこの事業にあえて当たらんとする吾人の志を諒として、その達成のため世の読書子とのうるわしき共同を期待する。

昭和二年七月

《日本文学（現代）》〔緑〕

怪談 牡丹燈籠	三遊亭円朝
小説神髄	坪内逍遥
当世書生気質	坪内逍遥
アンデルセン 即興詩人 全二冊	森鷗外訳
ウィタ・セクスアリス	森鷗外
青年	森鷗外
雁	森鷗外
阿部一族 他二篇	森鷗外
山椒大夫・高瀬舟 他四篇	森鷗外
渋江抽斎	森鷗外
舞姫・うたかたの記 他三篇	森鷗外
鷗外随筆集	千葉俊二編
大塩平八郎 他三篇	森鷗外
浮雲	二葉亭四迷 十川信介校注
野菊の墓 他四篇	伊藤左千夫
吾輩は猫である	夏目漱石
坊っちゃん	夏目漱石
草枕	夏目漱石
虞美人草	夏目漱石
三四郎	夏目漱石
それから	夏目漱石
門	夏目漱石
彼岸過迄	夏目漱石
漱石文芸論集	磯田光一編
行人	夏目漱石
こころ	夏目漱石
硝子戸の中	夏目漱石
道草	夏目漱石
明暗	夏目漱石
思い出す事など 他七篇	夏目漱石
文学評論 全二冊	夏目漱石
夢十夜 他二篇	夏目漱石
漱石文明論集	三好行雄編
倫敦塔・幻影の盾 他五篇	夏目漱石
漱石日記	平岡敏夫編
漱石書簡集	三好行雄編
漱石俳句集	坪内稔典編
漱石・子規往復書簡集	和田茂樹編
文学論 全二冊	夏目漱石
坑夫	夏目漱石
二百十日・野分	夏目漱石
五重塔	幸田露伴
努力論	幸田露伴
一国の首都 他一篇	幸田露伴
渋沢栄一伝	幸田露伴
飯待つ間 —正岡子規随筆選	正岡子規 阿部昭編
子規句集	高浜虚子選
病牀六尺	正岡子規
子規歌集	土屋文明編
墨汁一滴	正岡子規

仰臥漫録	正岡子規
歌よみに与ふる書	正岡子規
獺祭書屋俳話・芭蕉雑談	正岡子規
子規紀行文集	復本一郎編
正岡子規ベースボール文集	復本一郎編
金色夜叉 全二冊	尾崎紅葉
不如帰	徳冨蘆花
武蔵野	国木田独歩
愛弟通信	国木田独歩
蒲団・一兵卒	田山花袋
田舎教師	田山花袋
一兵卒の銃殺	田山花袋
あらくれ・新世帯	徳田秋声
藤村詩抄	島崎藤村自選
破戒	島崎藤村
春	島崎藤村
桜の実の熟する時	島崎藤村

夜明け前 全四冊	島崎藤村
藤村文明論集	十川信介編
生ひ立ちの記 他一篇	島崎藤村
島崎藤村短篇集	大木志門編
にごりえ・たけくらべ	樋口一葉
大つごもり・十三夜 他五篇	樋口一葉
修禅寺物語 正雪の二代目 他四篇	岡本綺堂
高野聖・眉かくしの霊	泉鏡花
歌行燈	泉鏡花
夜叉ケ池・天守物語	泉鏡花
草迷宮	泉鏡花
春昼・春昼後刻	泉鏡花
鏡花短篇集	川村二郎編
外科室・海城発電 他五篇	泉鏡花
鏡花随筆集	吉田昌志編
化鳥・三尺角 他六篇	泉鏡花
鏡花紀行文集	田中励儀編

俳句はかく解しかく味う	高浜虚子
俳句への道	高浜虚子
回想 子規・漱石	高浜虚子
有明詩抄	蒲原有明
上田敏全訳詩集	山内義雄・矢野峰人編
宣言	有島武郎
一房の葡萄 他四篇	有島武郎
寺田寅彦随筆集 全五冊	小宮豊隆編
柿の種	寺田寅彦
与謝野晶子歌集	与謝野晶子自選
与謝野晶子評論集	鹿野政直・香内信子編
私の生い立ち	与謝野晶子
つゆのあとさき	永井荷風
濹東綺譚	永井荷風
荷風随筆集 全二冊	野口冨士男編
摘録 断腸亭日乗 全二冊	永井荷風 磯田光一編
すみだ川・新橋夜話 他一篇	永井荷風

あめりか物語	永井荷風
下谷叢話	永井荷風
ふらんす物語	永井荷風
荷風俳句集	加藤郁乎編
浮沈・踊子 他三篇	永井荷風
花火・来訪者 他十一篇	永井荷風
問はずがたり・吾妻橋 他十六篇	永井荷風
斎藤茂吉歌集	山口茂吉・柴生田稔・佐藤佐太郎編
千鳥 他四篇	鈴木三重吉
鈴木三重吉童話集	勝尾金弥編
小僧の神様 他十篇	志賀直哉
暗夜行路 全二冊	志賀直哉
志賀直哉随筆集	高橋英夫編
高村光太郎詩集	高村光太郎
北原白秋歌集	高野公彦編
北原白秋詩集 全二冊	安藤元雄編
フレップ・トリップ	北原白秋

野上弥生子随筆集	竹西寛子編
野上弥生子短篇集	加賀乙彦編
お目出たき人・世間知らず	武者小路実篤
友情	武者小路実篤
銀の匙	中勘助
若山牧水歌集	伊藤一彦編
新編 みなかみ紀行	若山牧水・池内紀編
新編 啄木歌集	久保田正文編
吉野葛・蘆刈	谷崎潤一郎
卍(まんじ)	谷崎潤一郎
谷崎潤一郎随筆集	篠田一士編
多情仏心 全二冊	里見弴
道元禅師の話	里見弴
今年竹 全二冊	里見弴
萩原朔太郎詩集	三好達治選
郷愁の詩人 与謝蕪村	萩原朔太郎
猫町 他十七篇	萩原朔太郎・清岡卓行編

恋愛名歌集	萩原朔太郎
恩讐の彼方に・忠直卿行状記 他八篇	菊池寛
菊池寛戯曲集 父帰る・藤十郎の恋	石割透編
河明り 老妓抄 他一篇	岡本かの子
春泥・花冷え	久保田万太郎
大寺学校 ゆく年	久保田万太郎
久保田万太郎俳句集	恩田侑布子編
室生犀星詩集	室生犀星自選
犀星王朝小品集	室生犀星
室生犀星俳句集	岸本尚毅編
出家とその弟子	倉田百三
羅生門・鼻・芋粥・偸盗	芥川竜之介
地獄変・邪宗門・好色・藪の中 他七篇	芥川竜之介
河童 他二篇	芥川竜之介
歯車 他二篇	芥川竜之介
蜘蛛の糸・杜子春・トロッコ 他十七篇	芥川竜之介
侏儒の言葉・文芸的な、余りに文芸的な	芥川竜之介

芥川竜之介書簡集	石割透編
芥川竜之介随筆集	石割透編
蜜柑・尾生の信 他十八篇	芥川竜之介
年末の一日・浅草公園 他十七篇	芥川竜之介
芥川竜之介紀行文集	山田俊治編
田園の憂鬱	佐藤春夫
海に生くる人々	葉山嘉樹
葉山嘉樹短篇集	道簱泰三編
日輪・春は馬車に乗って 他八篇	横光利一
宮沢賢治詩集	谷川徹三編
童話集 風の又三郎 他十八篇	宮沢賢治 谷川徹三編
童話集 銀河鉄道の夜 他十四篇	宮沢賢治 谷川徹三編
山椒魚・遙拝隊長 他七篇	井伏鱒二
川釣り	井伏鱒二
井伏鱒二全詩集	井伏鱒二
太陽のない街	徳永直
黒島伝治作品集	紅野謙介編

伊豆の踊子・温泉宿 他四篇	川端康成
雪国	川端康成
山の音	川端康成
川端康成随筆集	川西政明編
三好達治詩集	桑原武夫 大槻鉄男選
詩を読む人のために	三好達治
中野重治詩集	中野重治
夏目漱石 全二冊	小宮豊隆
新編 思い出す人々	内田魯庵 紅野敏郎編
檸檬《レモン》・冬の日 他九篇	梶井基次郎
蟹工船 一九二八・三・一五	小林多喜二
富嶽百景・走れメロス 他八篇	太宰治
斜陽 他一篇	太宰治
人間失格 グッド・バイ 他一篇	太宰治
津軽	太宰治
お伽草紙・新釈諸国噺	太宰治
右大臣実朝 他一篇	太宰治

真空地帯	野間宏
日本唱歌集	堀内敬三 井上武士編
日本童謡集	与田凖一編
森鷗外	石川淳
至福千年	石川淳
小林秀雄初期文芸論集	小林秀雄
近代日本人の発想の諸形式 他四篇	伊藤整
小説の認識	伊藤整
中原中也詩集	大岡昇平編
ランボオ詩集	中原中也訳
晩年の父	小堀杏奴
小熊秀雄詩集	岩田宏編
夕鶴 彦市ばなし 他二篇 —木下順二戯曲選II	木下順二
元禄忠臣蔵 全二冊	真山青果
随筆滝沢馬琴	真山青果
旧聞日本橋	長谷川時雨
みそっかす	幸田文

古句を観る　柴田宵曲
俳諧随筆 蕉門の人々　柴田宵曲
新編 俳諧博物誌　柴田宵曲　小出昌洋編
随筆集 団扇の画　柴田宵曲　小出昌洋編
子規居士の周囲　柴田宵曲
小説集 夏の花　原民喜
原民喜全詩集
いちご姫・蝴蝶 他二篇　山田美妙　十川信介校訂
銀座復興 他三篇　水上滝太郎
魔風恋風 全二冊　小杉天外
柳橋新誌　成島柳北　塩田良平校訂
幕末維新パリ見聞記 成島柳北「航西日乗」・栗本鋤雲「暁窓追録」　井田進也校注
野火／ハムレット日記　大岡昇平
中谷宇吉郎随筆集　樋口敬二編
雪　中谷宇吉郎
冥途・旅順入城式　内田百閒
東京日記 他六篇　内田百閒

西脇順三郎詩集　那珂太郎編
大手拓次詩集　原子朗編
評論集 滅亡について 他三十篇　武田泰淳　川西政明編
山岳紀行文集 日本アルプス　小島烏水　近藤信行編
雪中梅　末広鉄腸　小林智賀平校訂
新編 東京繁昌記　木村荘八　尾崎秀樹編
新編 山と渓谷　田部重治　近藤信行編
日本児童文学名作集 全二冊　桑原三郎　千葉俊二編
山月記・李陵 他九篇　中島敦
眼中の人　小島政二郎
新選 山のパンセ　串田孫一自選
小川未明童話集　桑原三郎編
新美南吉童話集　千葉俊二編
岸田劉生随筆集　酒井忠康編
摘録 劉生日記　岸田劉生　酒井忠康編
量子力学と私　朝永振一郎　江沢洋編
書物　森銑三　柴田宵曲

自註鹿鳴集　会津八一
窪田空穂随筆集　大岡信編
窪田空穂歌集　大岡信編
奴隷 ―小説・女工哀史1　細井和喜蔵
工場 ―小説・女工哀史2　細井和喜蔵
鷗外の思い出　小金井喜美子
森鷗外の系族　小金井喜美子
木下利玄全歌集　五島茂編
新編 学問の曲り角　河野与一　原二郎編
林芙美子紀行集 下駄で歩いた巴里　立松和平編
放浪記　林芙美子
山の旅 全二冊　近藤信行編
酒道楽　村井弦斎
文楽の研究 全二冊　三宅周太郎
五足の靴　五人づれ
尾崎放哉句集　池内紀編
リルケ詩抄　茅野蕭々訳

- ぷえるとりこ日記　有吉佐和子
- 江戸川乱歩短篇集　千葉俊二編
- 怪人二十面相・青銅の魔人　江戸川乱歩
- 少年探偵団・超人ニコラ　江戸川乱歩
- 江戸川乱歩作品集 全三冊　浜田雄介編
- 堕落論・日本文化私観 他二十二篇　坂口安吾
- 桜の森の満開の下・白痴 他十二篇　坂口安吾
- 風と光と二十の私と・いずこへ 他十六篇　坂口安吾
- 久生十蘭短篇選　川崎賢子編
- 墓地展望亭・ハムレット 他六篇　久生十蘭
- 六白金星・可能性の文学 他十一篇　織田作之助
- 夫婦善哉 正続 他十二篇　織田作之助
- わが町・青春の逆説　織田作之助
- 歌の話・歌の円寂する時 他一篇　折口信夫
- 死者の書・口ぶえ　折口信夫
- 汗血千里の駒 坂本龍馬君之伝　坂崎紫瀾 林原純生校注
- 日本近代短篇小説選 全六冊　紅野敏郎・紅野謙介・千葉俊二・宗像和重・山田俊治編

- 自選 谷川俊太郎詩集
- 訳詩集 白孔雀　西條八十訳
- 茨木のり子詩集　谷川俊太郎選
- 大江健三郎自選短篇
- M/Tと森のフシギの物語　大江健三郎
- キルプの軍団　大江健三郎
- 石垣りん詩集　伊藤比呂美編
- 漱石追想　十川信介編
- 荷風追想　多田蔵人編
- 鷗外追想　宗像和重編
- 自選 大岡信詩集
- うたげと孤心　大岡信
- 日本の詩歌 その骨組みと素肌　大岡信
- 詩人・菅原道真 ―うつしの美学　大岡信
- 日本近代随筆選 全三冊　千葉俊二・長谷川郁夫・宗像和重編
- 尾崎士郎短篇集　紅野謙介編
- 山之口貘詩集　高良勉編

- 原爆詩集　峠三吉
- 竹久夢二詩画集　石川桂子編
- まど・みちお詩集　谷川俊太郎編
- 山頭火俳句集　夏石番矢編
- 二十四の瞳　壺井栄
- 幕末の江戸風俗　塚原渋柿園 菊池眞一編
- けものたちは故郷をめざす　安部公房
- 詩の誕生　大岡信 谷川俊太郎
- 鹿児島戦争記 ―実録 西南戦争　篠田仙果 松本常彦校注
- 東京百年物語 一八六八〜一九〇九 全三冊　ロバート・キャンベル 十重田裕一 宗像和重編
- 三島由紀夫紀行文集　佐藤秀明編
- 若人よ蘇れ・黒蜥蜴 他一篇　三島由紀夫
- 三島由紀夫スポーツ論集　佐藤秀明編
- 吉野弘詩集　小池昌代編
- 開高健短篇選　大岡玲編
- 破れた繭 耳の物語1　開高健
- 夜と陽炎 耳の物語2　開高健

色ざんげ　宇野千代
老女マノン・脂粉の顔 他四篇　宇野千代　尾形明子編
明智光秀　小泉三申
久米正雄作品集　石割透編
次郎物語 全五冊　下村湖人
まっくら 女坑夫からの聞き書き　森崎和江
北條民雄集　田中裕編
安岡章太郎短篇集　持田叙子編

《イギリス文学》〔赤〕

- ユートピア — トマス・モア　平井正穂訳
- 完訳カンタベリー物語 全三冊 — チョーサー　桝井迪夫訳
- ヴェニスの商人 — シェイクスピア　中野好夫訳
- 十二夜 — シェイクスピア　小津次郎訳
- ハムレット — シェイクスピア　野島秀勝訳
- オセロウ — シェイクスピア　菅泰男訳
- リア王 — シェイクスピア　野島秀勝訳
- マクベス — シェイクスピア　木下順二訳
- ソネット集 — シェイクスピア　高松雄一訳
- ロミオとジューリエット — シェイクスピア　平井正穂訳
- リチャード三世 — シェイクスピア　木下順二訳
- 対訳シェイクスピア詩集 —イギリス詩人選(1) — 柴田稔彦編
- から騒ぎ — シェイクスピア　喜志哲雄訳
- 冬物語 — シェイクスピア　桒山智成訳
- 言論・出版の自由 他一篇 —アレオパジティカ — ミルトン　原田純訳
- 失楽園 全二冊 — ミルトン　平井正穂訳
- 奴婢訓 他一篇 — スウィフト　深町弘三訳
- ガリヴァー旅行記 — スウィフト　平井正穂訳
- ジョウゼフ・アンドルーズ 全二冊 — フィールディング　朱牟田夏雄訳
- トリストラム・シャンディ 全三冊 — ロレンス・スターン　朱牟田夏雄訳
- ウエイクフィールドの牧師 —むだばなし — ゴールドスミス　小野寺健訳
- 幸福の探求 —アビシニアの王子ラセラスの物語 — サミュエル・ジョンソン　朱牟田夏雄訳
- 対訳ブレイク詩集 —イギリス詩人選(4) — 松島正一編
- 対訳ワーズワス詩集 —イギリス詩人選(3) — 山内久明編
- 湖の麗人 — スコット　入江直祐訳
- キプリング短篇集 — 橋本槙矩編訳
- 高慢と偏見 全二冊 — ジェーン・オースティン　富田彬訳
- ジェイン・オースティンの手紙 — 新井潤美編訳
- マンスフィールド・パーク 全二冊 — ジェイン・オースティン　新井潤美・宮丸裕二訳
- エリア随筆抄 — チャールズ・ラム　南條竹則編訳
- デイヴィッド・コパフィールド 全五冊 — ディケンズ　石塚裕子訳
- 炉辺のこほろぎ — ディケンズ　本多顕彰訳
- ボズのスケッチ 短篇小説篇 全二冊 — ディケンズ　藤岡啓介訳
- アメリカ紀行 全二冊 — ディケンズ　伊藤弘之・下笠徳次・隈元貞広訳
- イタリアのおもかげ — ディケンズ　伊藤弘之・下笠徳次・隈元貞広訳
- 大いなる遺産 全二冊 — ディケンズ　石塚裕子訳
- 荒涼館 全四冊 — ディケンズ　佐々木徹訳
- ジェイン・エア 全二冊 — シャーロット・ブロンテ　河島弘美訳
- サイラス・マーナー — ジョージ・エリオット　土井治訳
- 嵐が丘 全二冊 — エミリー・ブロンテ　河島弘美訳
- アルプス登攀記 全二冊 — ウィンパー　浦松佐美太郎訳
- アンデス登攀記 全二冊 — ウィンパー　大貫良夫訳
- ジーキル博士とハイド氏 — スティーヴンスン　海保眞夫訳
- 南海千一夜物語 — スティーヴンスン　中村徳三郎訳
- 若い人々のために 他十一篇 — スティーヴンスン　岩田良吉訳
- 怪談 —不思議なことの物語と研究 — ラフカディオ・ハーン　平井呈一訳
- ドリアン・グレイの肖像 — オスカー・ワイルド　富士川義之訳
- サロメ — ワイルド　福田恆存訳
- 嘘から出た誠 — ワイルド　岸本一郎訳
- 童話集 幸福な王子 他八篇 — オスカー・ワイルド　富士川義之訳

- 分らぬもんですよ　バァナード・ショウ　市川又彦訳
- ヘンリ・ライクロフトの私記　ギッシング　平井正穂訳
- 南イタリア周遊記　ギッシング　小池滋訳
- 闇の奥　コンラッド　中野好夫訳
- 密偵　コンラッド　土岐恒二訳
- 対訳イエイツ詩集　高松雄一編
- 月と六ペンス　モーム　行方昭夫訳
- 人間の絆　全三冊　モーム　行方昭夫訳
- サミング・アップ　モーム　行方昭夫訳
- モーム短篇選　全二冊　行方昭夫編訳
- アシェンデン　—英国情報部員のファイル　モーム　中島賢二・岡田久雄訳
- お菓子とビール　モーム　行方昭夫訳
- ダブリンの市民　ジョイス　結城英雄訳
- 荒地　T・S・エリオット　岩崎宗治訳
- 悪口学校　シェリダン　菅泰男訳
- サキ傑作集　河田智雄訳
- オーウェル評論集　小野寺健編訳

- パリ・ロンドン放浪記　ジョージ・オーウェル　小野寺健訳
- 動物農場　—おとぎばなし　ジョージ・オーウェル　川端康雄訳
- 対訳キーツ詩集　—イギリス詩人選(10)　宮崎雄行編
- キーツ詩集　中村健二訳
- 阿片常用者の告白　ド・クインシー　野島秀勝訳
- オルノーコ　美しい浮気女　アフラ・ベイン　土井治訳
- 解放された世界　H・G・ウェルズ　浜野輝訳
- 大転落　イヴリン・ウォー　富山太佳夫訳
- 回想のブライズヘッド　全二冊　イーヴリン・ウォー　小野寺健訳
- 愛されたもの　イーヴリン・ウォー　中村健二・出淵博訳
- 対訳ジョン・ダン詩集　—イギリス詩人選(2)　湯浅信之編
- フォースター評論集　小野寺健編訳
- 白衣の女　全三冊　ウィルキー・コリンズ　中島賢二訳
- アイルランド短篇選　橋本槇矩編訳
- 灯台へ　ヴァージニア・ウルフ　御輿哲也訳
- 狐になった奥様　ガーネット　安藤貞雄訳
- フランク・オコナー短篇集　阿部公彦訳

- たいした問題じゃないが　—イギリス・コラム傑作選　行方昭夫編訳
- 英国ルネサンス恋愛ソネット集　岩崎宗治編訳
- 文学とは何か　—現代批評理論への招待　全二冊　テリー・イーグルトン　大橋洋一訳
- D・G・ロセッティ作品集　南條竹則・松村伸一編訳
- 真夜中の子供たち　全二冊　サルマン・ラシュディ　寺門泰彦訳

《アメリカ文学》〔赤〕

- ギリシア・ローマ神話 付インド・北欧神話 — ブルフィンチ 野上弥生子訳
- 中世騎士物語 — ブルフィンチ 野上弥生子訳
- フランクリン自伝 — 松本慎一・西川正身訳
- フランクリンの手紙 — 蕗沢忠枝編訳
- スケッチ・ブック 全二冊 — アーヴィング 齊藤昇訳
- アルハンブラ物語 全二冊 — アーヴィング 平沼孝之訳
- ウォルター・スコット邸訪問記 — アーヴィング 齊藤昇訳
- 完訳 緋文字 — ホーソーン 八木敏雄訳
- 哀詩 エヴァンジェリン — ロングフェロー 斎藤悦子訳
- 黒猫・モルグ街の殺人事件 他五篇 — ポオ 中野好夫訳
- 対訳 ポー詩集 —アメリカ詩人選(1) — 加島祥造編
- ユリイカ — ポオ 八木敏雄訳
- ポオ評論集 — 八木敏雄編訳
- 森の生活 (ウォールデン) 全二冊 — ソロー 飯田実訳
- 白鯨 全三冊 — メルヴィル 八木敏雄訳
- ビリー・バッド — メルヴィル 坂下昇訳
- ホイットマン自選日記 全二冊 — 杉木喬訳
- 対訳 ホイットマン詩集 —アメリカ詩人選(2) — 木島始編
- 対訳 ディキンソン詩集 —アメリカ詩人選(3) — 亀井俊介編
- 不思議な少年 — マーク・トウェイン 中野好夫訳
- 王子と乞食 — マーク・トウェーン 村岡花子訳
- 人間とは何か — マーク・トウェイン 中野好夫訳
- ハックルベリー・フィンの冒険 全二冊 — マーク・トウェイン 西田実訳
- いのちの半ばに — ビアス 西川正身訳
- 新編 悪魔の辞典 — ビアス 西川正身編訳
- ねじの回転 デイジー・ミラー — ヘンリー・ジェイムズ 行方昭夫訳
- 荒野の呼び声 — ジャック・ロンドン 海保眞夫訳
- ノリス 死の谷 マクティーグ 全二冊 — 石田英二・井上宗次訳
- シスター・キャリー 全二冊 — ドライサー 村山淳彦訳
- 響きと怒り 全二冊 — フォークナー 平石貴樹・新納卓也訳
- アブサロム、アブサロム! 全二冊 — フォークナー 藤平育子訳
- 八月の光 全二冊 — フォークナー 諏訪部浩一訳
- 武器よさらば 全二冊 — ヘミングウェイ 谷口陸男訳
- オー・ヘンリー傑作選 — 大津栄一郎訳
- 黒人のたましい — W・E・B・デュボイス 木島始・鮫島重俊・黄寅秀訳
- フィッツジェラルド短篇集 — 佐伯泰樹編訳
- アメリカ名詩選 — 亀井俊介・川本皓嗣編
- 青白い炎 — ナボコフ 富士川義之訳
- 風と共に去りぬ 全六冊 — マーガレット・ミッチェル 荒このみ訳
- 対訳 フロスト詩集 —アメリカ詩人選(4) — 川本皓嗣編
- とんがりモミの木の郷 他五篇 — セアラ・オーン・ジュエット 河島弘美訳

《東洋文学》〔赤〕

- 楚辞　小南一郎訳注
- 杜甫詩選　黒川洋一編
- 李白詩選　松浦友久編訳
- 唐詩選　全三冊　前野直彬注解
- 完訳 三国志　全八冊　小川環樹・金田純一郎訳
- 西遊記　全十冊　中野美代子訳
- 菜根譚　洪自誠／今井宇三郎訳注
- 阿Q正伝・狂人日記（吶喊）他十二篇　魯迅／竹内好訳
- 魯迅評論集　竹内好編訳
- 歴史小品　郭沫若／平岡武夫訳
- 家　全二冊　巴金／飯塚朗訳
- 新編 中国名詩選　全三冊　川合康三編訳
- 唐宋伝奇集　全二冊　今村与志雄訳
- 聊斎志異　全二冊　蒲松齢／立間祥介編訳
- 李商隠詩選　川合康三選訳
- 白楽天詩選　全二冊　川合康三訳注
- 文選　全六冊　川合康三・富永一登・釜谷武志・和田英信・浅見洋二・緑川英樹訳注
- 曹操・曹丕・曹植詩文選　川合康三編訳
- ケサル王物語 —チベットの英雄叙事詩　アレクサンドラ・ダヴィッド＝ネール／アプル・ユンテン／富樫瓔子訳
- バガヴァッド・ギーター　上村勝彦訳
- ダライ・ラマ六世恋愛詩集　今枝由郎・海老原志穂編訳
- 朝鮮童謡選　金素雲訳編
- 朝鮮短篇小説選　全二冊　大村益夫・長璋吉・三枝壽勝編訳
- 尹東柱詩集 空と風と星と詩　金時鐘編訳
- アイヌ神謡集　知里幸惠編訳
- アイヌ民譚集 付 えぞおばけ列伝　知里真志保編訳
- アイヌ叙事詩 ユーカラ　金田一京助採集並ニ訳

《ギリシア・ラテン文学》〔赤〕

- ホメロス イリアス　全二冊　松平千秋訳
- ホメロス オデュッセイア　全二冊　松平千秋訳
- イソップ寓話集　中務哲郎訳
- アイスキュロス アガメムノーン　久保正彰訳
- アイスキュロス 縛られたプロメーテウス　呉茂一訳
- アンティゴネー　ソポクレース／中務哲郎訳
- ソポクレス オイディプス王　藤沢令夫訳
- ソポクレス コロノスのオイディプス　高津春繁訳
- バッカイ —バッコスに憑かれた女たち　エウリーピデース／逸身喜一郎訳
- ヘシオドス 神統記　廣川洋一訳
- 女の議会　アリストパネース／村川堅太郎訳
- アポロドーロス ギリシア神話　高津春繁訳
- ダフニスとクロエー　ロンゴス／松平千秋訳
- ギリシア・ローマ抒情詩選 —花冠　呉茂一訳
- オウィディウス 変身物語　全二冊　中村善也訳
- ギリシア・ローマ神話 付 インド・北欧神話　ブルフィンチ／野上弥生子訳
- ギリシア・ローマ名言集　柳沼重剛編

《南北ヨーロッパ他文学》(赤)

- ダンテ 新生　山川丙三郎訳
- 夢のなかの夢　タブッキ　和田忠彦訳
- カヴァレリーア・ルスティカーナ 他十一篇　G・ヴェルガ　河島英昭訳
- カルヴィーノ イタリア民話集 全二冊　河島英昭編訳
- むずかしい愛　カルヴィーノ　和田忠彦訳
- パロマー　カルヴィーノ　和田忠彦訳
- カルヴィーノ アメリカ講義 ―新たな千年紀のための六つのメモ　米川良夫・和田忠彦訳
- まっぷたつの子爵　カルヴィーノ　河島英昭訳
- 魔法の庭・空を見上げる部族 他十四篇　カルヴィーノ　和田忠彦訳
- ペトラルカ ルネサンス書簡集　近藤恒一編訳
- ペトラルカ 無知について　近藤恒一訳
- 美しい夏　パヴェーゼ　河島英昭訳
- 流刑　パヴェーゼ　河島英昭訳
- 祭の夜　パヴェーゼ　河島英昭訳
- 月と篝火　パヴェーゼ　河島英昭訳
- ウンベルト・エーコ 小説の森散策　和田忠彦訳

- バウドリーノ 全二冊　ウンベルト・エーコ　堤康徳訳
- タタール人の砂漠　ブッツァーティ　脇功訳
- ラサリーリョ・デ・トルメスの生涯　会田由訳
- ドン・キホーテ 前篇 全三冊　セルバンテス　牛島信明訳
- ドン・キホーテ 後篇 全三冊　セルバンテス　牛島信明訳
- 娘たちの空返事 他一篇　モラティン　佐竹謙一訳
- プラテーロとわたし　J・R・ヒメーネス　長南実訳
- オルメードの騎士　ロペ・デ・ベガ　長南実訳
- セビーリャの色事師と石の招客 他一篇　ティルソ・デ・モリーナ　佐竹謙一訳
- ティラン・ロ・ブラン 全四冊　J・マルトゥレイ M・J・ダ・ガルバ　田澤耕訳
- ダイヤモンド広場　マルセー・ルドゥレダ　田澤耕訳
- 完訳 アンデルセン童話集 全七冊　大畑末吉訳
- 即興詩人 全二冊　アンデルセン　大畑末吉訳
- アンデルセン自伝　大畑末吉訳
- ここに薔薇ありせば 他五篇　ヤコブセン　矢崎源九郎訳
- フィンランド叙事詩 カレワラ 全二冊　リョンロット編　小泉保訳
- 王の没落　イェンセン　長島要一訳

- イプセン 人形の家　原千代海訳
- イプセン 野鴨　原千代海訳
- 令嬢ユリェ　ストリントベルク　茅野蕭々訳
- アミエルの日記 全四冊　河野与一訳
- クオ・ワディス 全三冊　シェンキェーヴィチ　木村彰一訳
- 山椒魚戦争　カレル・チャペック　栗栖継訳
- ロボット (R・U・R)　チャペック　千野栄一訳
- 白い病　カレル・チャペック　阿部賢一訳
- マクロプロスの処方箋　カレル・チャペック　阿部賢一訳
- 灰とダイヤモンド 全二冊　アンジェイェフスキ　川上洸訳
- 牛乳屋テヴィエ　ショレム・アレイヘム　西成彦訳
- 完訳 千一夜物語 全十三冊　豊島与志雄・渡辺一夫・佐藤正彰・岡部正孝訳
- ルバイヤート　オマル・ハイヤーム　小川亮作訳
- ゴレスターン　サアディー　沢英三訳
- 王書 古代ペルシャの神話・伝説　フェルドウスィー　岡田恵美子訳
- 中世騎士物語　ブルフィンチ　野上弥生子訳
- コルタサル短篇集 悪魔の涎・追い求める男 他八篇　木村榮一訳

岩波文庫の最新刊

塩川徹也・望月ゆか訳

パスカル 小品と手紙

『パンセ』と不可分な作として読まれてきた遺稿群。人間の研究と神の探求に専心した万能の天才パスカルの、人と思想と信仰を示す二一篇。

〔青六一四-五〕 定価一六五〇円

安倍能成著

岩波茂雄伝

高らかな志とあふれる情熱で事業に邁進した岩波茂雄（一八八一-一九四六）。「一番無遠慮な友人」であったという哲学者が、稀代の出版人の生涯と仕事を描く評伝。

〔青N一三一-一〕 定価一七一六円

グレゴリー・ベイトソン著／佐藤良明訳

精神の生態学へ（下）

世界を「情報＝差異」の回路と捉え、進化も文明も環境も包みこむ壮大なヴィジョンを提示する。下巻は進化論・情報理論・エコロジー篇。動物のコトバの分析など。（全三冊）

〔青N六〇四-四〕 定価一二七六円

中川裕補訂

知里幸恵アイヌ神謡集

アイヌの民が語り合い、口伝えに謡い継いだ美しい言葉と物語。熱き思いを胸に知里幸恵（一九〇三-二二）が綴り遺した珠玉のカムイユカㇻ。補訂新版。

〔赤八〇-一〕 定価七九二円

アリエル・ドルフマン作／飯島みどり訳

死と乙女

息詰まる密室劇が、平和を装う恐怖、真実と責任追及、国家暴力の闇という人類の今日的アポリアを撃つ。チリ軍事クーデタから五〇年、傑作戯曲の新訳。

〔赤N七九〇-一〕 定価七九二円

今月の重版再開

塙治夫編訳

アブー・ヌワース アラブ飲酒詩選

定価六二七円 〔赤七八五-一〕

大杉栄著／飛鳥井雅道校訂

自叙伝・日本脱出記

定価一三五三円 〔青一三四-一〕

定価は消費税10％込です　2023. 8

岩波文庫の最新刊

トニ・モリスン著／都甲幸治訳

暗闇に戯れて
―白さと文学的想像力―

キャザーやポーらの作品を通じて、アメリカ文学史の根底に「白人男性を中心とした思考」があることを鮮やかに分析し、その構図を一変させた、革新的な批評の書。〔赤三四六-一〕 **定価九九〇円**

川崎賢子編

左川ちか詩集

左川ちか（一九一一―三六）は、昭和モダニズムを駆け抜けた若き女性詩人。夭折の宿命に抗いながら、奔放自在なイメージを、鮮烈な詩の言葉に結実した。〔緑二三二-一〕 **定価七九二円**

ヘルダー著／嶋田洋一郎訳

人類歴史哲学考（一）

風土に基づく民族・文化の多様性とフマニテートの開花を描こうとした壮大な歴史哲学。第一分冊は有機的生命の発展に人間を位置づける。（全五冊）〔青N六〇八-一〕 **定価一四三〇円**

泉鏡花作

高野聖・眉かくしの霊

鏡花畢生の名作「高野聖」に、円熟の筆が冴える「眉かくしの霊」を併収した怪異譚二篇。本文の文字を大きくし、新たな解説を加えた改版。（解説＝吉田精一／多田蔵人）〔緑二七-一〕 **定価六二七円**

……今月の重版再開……

尾崎紅葉作

多情多恨

〔緑一四-七〕 **定価一一三三円**

大江健三郎・清水徹編

渡辺一夫評論選 狂気について 他二十二篇

〔青一八八-二〕 **定価一一五五円**